Disney
アナと雪の女王
エルサと夏《なつ》の魔法《まほう》

これまでのおはなし

雪《ゆき》だるまのオラフが、
だいすきなもの。

それは、
ぎゅ〜っとハグをすること！

ほかにも、オラフには
だいすきなものがありました。

それは…夏《なつ》!!

こんがり
日《ひ》焼《や》けをしたり、

海《うみ》でおよいだりすることが、
オラフのあこがれなのです！

つめたい雪《ゆき》だるまだからこそ
夏《なつ》をたのしみたいと、
オラフはずっと思《おも》っていました。

でも、アレンデール王国《おうこく》は、
エルサの魔法《まほう》で、
ずっと冬《ふゆ》のままだったのです。

エルサとアナの真実《しんじつ》の愛《あい》で、
氷《こおり》づけだったアレンデールも、
ようやく夏《なつ》をとりもどすことができました。

オラフは、
自分《じぶん》だけの
雪雲《ゆきぐも》ももらって、
夏《なつ》の準備《じゅんび》は
ばっちり！

そんなオラフの下《もと》にとどいた、
すてきなお話《はなし》とは…？

アナと雪《ゆき》の女王《じょおう》

エルサと夏《なつ》の魔法《まほう》

エリカ・デイビッド・文
ないとうふみこ・訳

角川つばさ文庫

キャラクター紹介《しょうかい》

エルサ

アレンデール王国《おうこく》の女王《じょおう》。
アナのおねえさん。しっかり者《もの》。
生《う》まれつき、雪《ゆき》や氷《こおり》をあやつる
魔法《まほう》の力《ちから》を持《も》っている。

アナ

アレンデール王国《おうこく》の王女《おうじょ》。
明《あか》るくて、元気《げんき》な女《おんな》の子《こ》。
エルサのことがだいすき！

オラフ

エルサが魔《ま》法《ほう》でつくった、
しゃべる陽《よう》気《き》な雪《ゆき》だるま。
ハグがだいすき。

クリストフ

氷《こおり》を売《う》って暮《く》らす山男《やまおとこ》。
トロールに育《そだ》てられた。
がさつだけど、やさしい。

スヴェン

クリストフのそりを引《ひ》くトナカイ。
クリストフの親友《しんゆう》で、
にんじんがだいすき。

もくじ

Disney

アナと雪の女王

エルサと夏《なつ》の魔法《まほう》

1 熱《ねっ》と火《ひ》の魔法《まほう》？……8

2 いざ、真夏《まなつ》の国《くに》へ！……26

3 エルサの魔法《まほう》が、きかない？……41

4 エルドラの人《ひと》たち……54

5 おそいかかる砂《すな》あらし……72

6 オラフはどこ？ 85
7 夏《なつ》の女王《じょおう》の力《ちから》 97
8 エルドラの都《みやこ》 111
9 すてきなマリソル女王《じょおう》 124
10 雪《ゆき》と氷《こおり》の魔《ま》法《ほう》 139
訳《やく》者《しゃ》あとがき　ないとう ふみこ 154

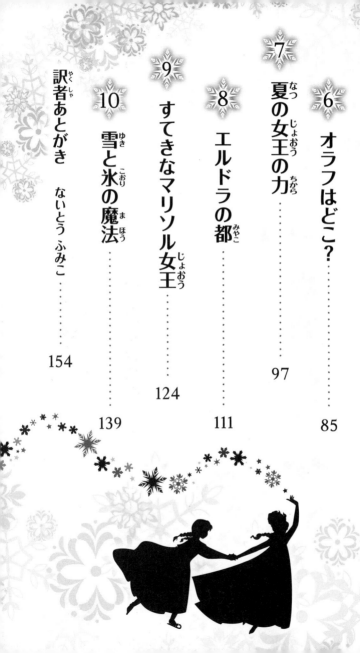

1

熱《ねつ》と火《ひ》の魔《ま》法《ほう》？

空気《くうき》のきりっとした、ある冬《ふゆ》の日《ひ》のことです。

アレンデール王国《おうこく》のエルサ女王《じょおう》は、仕《し》事《ごと》をおえて、馬《うま》でお城《しろ》に帰《かえ》るところでした。きょうは一日《いちにち》じゅう、アレンデールの人々《ひとびと》に、くらしに必要《ひつよう》な品々《しなじな》や、すてきなプレゼントを、とどけてまわっていたのです。

氷職人《こおりしょくにん》たちには、新《あたら》しいのこぎりと、つるはしをひとはこ。うまやではたらく少年《しょうねん》たちには、あたたかい毛布《もうふ》と、あつあつのスープを。そして学校《がっこう》で勉強《べんきょう》する子《こ》どもたちには、すてきな本《ほん》のプレゼントを。

エルサは、にっこりしました。人々《ひとびと》の力《ちから》になるのは、だいすきです。こうしてはたらいていると、日《ひ》ごとに、女王《じょおう》らしいふるまいが、身《み》についてくるのがわかります。

そのとき、雪玉《ゆきだま》がひとつ、ひゅーんと、とんできて、エルサの頭《あたま》に当《あ》たりました。

「きゃっ。だあれ？」

エルサは、大《おお》きな声《こえ》をあげると、馬《うま》からとびおりて、あたりを見《み》まわしました。

でも、だれもいません。

おや、と思《おも》ったとき、近《ちか》くのしげみで、ガサガサと音《おと》がしました。そして、おしゃべりな雪《ゆき》だるま、オラフが、ぴょんと、とびだしてきたのです。

「ごめんよ、エルサ」

オラフは、あやまりながらも、楽《たの》しそうに、うふふとわらいました。

「ぼく、スヴェンと雪合戦《ゆきがっせん》してたんだ」

「そうだったの。いいのよ、オラフ」

エルサもわらって、髪《かみ》についた雪《ゆき》をはらいおとしました。

エルサは、おかしくてたまりません。

スヴェンはトナカイなのに、雪玉《ゆきだま》なんて、どうやったら投《な》げられるのかしら。

そのとき、木《き》のかげから、スヴェンもひょっこりと顔《かお》をつきだして、うれしそうに、フガーと、鼻《はな》をならしました。

ああ、よかった。きょうは、ニンジンを持《も》っています。ニンジンは、スヴェンのだいこうぶつ。エルサは、かばんからニンジンを一本《ぽん》とりだして、スヴェンにあげました。

カリッポリッ。

スヴェンは、たちまちニンジンをたいらげて、「ありがとう」というように、エルサに、鼻先《はなさき》をこすりつけました。

すると、オラフが小枝《こえだ》のうでをひろげて、うれしそうにいいました。

「ああ、エルサ、アレンデールって、ほんとにすてきだと思《おも》わない？　ぼく、雪合《ゆきがっ》戦《せん》も、そりすべりもだ～いすき。スヴェンとあそぶのも、だいすきだよ」

エルサは、あらためて、あたりを見《み》まわしました。

雪《ゆき》をかぶった木《き》の枝《えだ》が、お日《ひ》さまの光《ひかり》をあびて、かがやいています。つららも、きらきらと光《ひか》っています。アレンデールの冬《ふゆ》は、ほんとうにきれいです。

オラフがまた、いいました。

「でもさあ、冬《ふゆ》って、なにもかも真《ま》っ白《しろ》なんだよね。おまけに寒《さむ》いし。うー、ブルブルブル。だから、ぼく、夏《なつ》もだ～いすき。みんなで夏《なつ》の国《くに》へいったら、楽《たの》しいだろうなあ。そうしたら、夏《なつ》の女王《じょおう》さまに会《あ》って、夏《なつ》の魔法《まほう》が見《み》られるかも！」

オラフのとっぴな空想話《くうそうばなし》をきいて、エルサは思《おも》わずわらいだしました。

「夏《なつ》の魔法《まほう》！　ほんとうにあったら、さぞすてきでしょうね」

すると、オラフがちょっとまじめな顔《かお》で、いいました。

「ほんとうにあるんだよ。ぼく、このあいだ、氷職人《こおりしょくにん》さんたちからきいたんだ。みんな、エルドラっていう国《くに》の話《はなし》ばっかりしてた。エルドラでは、一年《いちねん》じゅう真夏《まなつ》なんだって！」

エルサは、首《くび》をかしげました。近《ちか》くにある国々《くにぐに》のことなら、だいたい知《し》っています。でも、エルドラという国《くに》のことは、きいたことがありません。

「一年《いちねん》じゅう真夏《まなつ》の国《くに》？」

エルサは、ききました。

「うん！」

オラフは、元気《げんき》よくうなずいて、話《はなし》をつづけました。

「それでね、エルドラの女王《じょおう》さまは、熱《ねつ》と火《ひ》の魔法《まほう》をあやつれるんだって。エルサが、雪《ゆき》と氷《こおり》の魔法《まほう》をあやつれるのと、おんなじだね！」

「まあ、そうなの！」

エルサは、オラフの話《はなし》に、心《こころ》をひかれました。

これまで自分以外《じぶんいがい》に、魔法《まほう》の力《ちから》を持《も》つ人《ひと》と、出会《であ》ったことはありません。だから
世界《せかい》のどこかに、自分《じぶん》とおなじように、魔法《まほう》をあやつれる人《ひと》がいるかもしれないと
思《おも》うと、なんだかわくわくします。

「ああ、いいなあ」

オラフは、すっかり空想《くうそう》の世界《せかい》に入《はい》りこんで、うっとりしながらいいました。

「ぼく、夏《なつ》も、お日《ひ》さまもだ～いすき。あったかいものは、みんなだいすきだな～。

それから……」

「ねえ、オラフ」

エルサは、オラフの話《はなし》をさえぎって、きいてみました。

「エルドラの国《くに》は、ほんとうに一年《いちねん》じゅう真夏《まなつ》なの？」

オラフは、うなずきました。

「そうだよ。すごいと思《おも》わない？」

「ええ、すごいわね」

エルサもうなずいて、もう一度馬《いちどうま》にまたがりました。これからお城《しろ》にもどって、また仕事《しごと》をしなくてはなりません。

けれど、道《みち》のわきにつみあげられた雪《ゆき》の山《やま》をのりこえながらも、エルサの頭《あたま》のなかは、エルドラのことでいっぱいでした。

ほんとうに、そんな国《くに》があるのかしら？

夏《なつ》の国《くに》の女王《じょおう》は、ほんとうに魔法《まほう》の力《ちから》を持《も》っているの……？

あまりにも、考《かんが》えごとにむちゅうになっていたので、エルサは、あやうく、宿屋《やどや》の主人《しゅじん》、フリッツにぶつかりそうになりました。フリッツは、大《おお》きなそりに、せっせとまきをつみこんでいるところでした。

「きゃっ、ごめんなさい、フリッツ」

エルサは、馬《うま》の上《うえ》からフリッツにあやまりました。

「あなたのこと、ちっとも見《み》えていなかったわ」

「だいじょうぶです。お気《き》になさらないでください、陛下《へいか》」

フリッツが、そういっておじぎをしました。

「いいお天気《てんき》ですね。ごきげんいかがでいらっしゃいますか？」

「ああ、そうだわ、フリッツ、ききたいことがあるの」

エルサは、馬《うま》のくらからすべりおりました。

「エルドラという国《くに》のことを、きいたことはある？」

「ええ、もちろんです、陛下《へいか》。先週《せんしゅう》、わたしどもの宿屋《やどや》に、外国《がいこく》の商人《しょうにん》がひとり泊《と》まっていったのですが、その人《ひと》が、エルドラから帰《かえ》るとちゅうだといっておりましたよ。なんでも、世界《せかい》でいちばん暑《あつ》い国《くに》だそうで」

エルサのむねは、おどりました。どうやらオラフの話《はなし》は、ほんとうだったようです。エルサは考《かんが》えながら、ゆっくりとフリッツにたずねました。

「つまり、その商人《しょうにん》がおとずれたとき、エルドラは、まだ夏《なつ》だったということ？」

するとフリッツは、にっこりしながらいいました。

「そうですね、陛下《へいか》、むしろ、エルドラでは一年《いちねん》じゅう真夏《まなつ》と、もうしあげたほうがいいのかもしれません」

エルサは、夏《なつ》のアレンデールを、雪《ゆき》と氷《こおり》にとじこめてしまったときのことを、思《おも》い出《だ》しました。

もちろん、夏《なつ》を冬《ふゆ》にしようと思《おも》ったわけではないし、自分《じぶん》からのぞんで、北《きた》の山《やま》ににげこんだわけでもありません。とくに、いもうとのアナを遠《とお》ざけるのは、つらくてたまりませんでした。

でも、まわりの人《ひと》を魔法《まほう》できずつけたりせず、なおかつエルサが、ありのままの自分《じぶん》でいるためには、みんなからはなれるしかなかったのです。

それというのも、あのころは、まだ自分《じぶん》の魔法《まほう》の力《ちから》を、思《おも》いのままにあやつれなかったから。

そこまで考《かんが》えて、エルサは、はっとしました。

夏《なつ》の女王《じょおう》も、自分《じぶん》の力《ちから》をあやつる方法《ほうほう》を、知《し》らないんじゃないかしら？

一年《いちねん》じゅう夏《なつ》がおわらないのは、そのせいかもしれない。

どうしよう。とにかく、だれかに相談《そうだん》しなくちゃ。

「ありがとう、フリッツ。またね！」

エルサはそういうと、また馬《うま》にとびのり、お城《しろ》まで全速力《ぜんそくりょく》で帰《かえ》りました。

お城《しろ》では、アナが自分《じぶん》の部屋《へや》で、ぴかぴかのよろいを身《み》につけた女《おんな》の人《ひと》の肖像画《しょうぞうが》を、うっとりとながめているところでした。

「あっ、おかえり、エルサ！」

アナは、ぱっと顔《かお》をかがやかせました。

「ああ、よかった。ちょうどこの絵《え》を、あたしの部屋《へや》に、うつしてもらったところなの。この人《ひと》、すてきだと思《おも》わない？」

けれどもエルサは、アナのしつもんには答《こた》えず、いきなりいいました。

「ねえ、アナ。オラフから、すごい話《はなし》をきいたの」

エルサはアナに、夏《なつ》の女王《じょおう》と、熱《ねつ》と火《ひ》の魔法《まほう》について、わかりやすく、手《て》みじかに話《はな》してきかせました。

「うわあ、信《しん》じられない！」

エルサが話《はな》しおえると、アナはさけびました。

「それじゃあまるで、エルサが、アレンデールを雪《ゆき》と氷《こおり》にとじこめちゃったときと、おんなじじゃない！」

「そうでしょう？」

エルサはうなずきました。

「だから、アレンデール王国《おうこく》の使者《ししゃ》たちをおくって、ようすを見《み》てきてもらったほうがいいんじゃないかしら。どう思《おも》う？」

「なあんだ」

アナは、少《すこ》しがっかりしたような顔《かお》になりました。

「てっきり、ふたりでいきましょう、っていうんだと思《おも》ってた」

それをきいて、エルサは、びっくりしました。

自分《じぶん》でエルドラにいくことなんて、考《かんが》えてもみなかったのです。

エルサには、国《くに》をおさめる仕事《しごと》があるし、人々《ひとびと》の力《ちから》にもならなくてはなりません。

そうかんたんに、なにもかもほうりだして、出《で》かけるわけにはいきません。

すると、アナがとなりにやってきて、やさしくエルサの手《て》をにぎりました。

「ねえ、もしその夏《なつ》の女王《じょおう》っていう人《ひと》が、ほんとうに魔法《まほう》の力《ちから》を思《おも》いどおりにあやつれなくてこまってるなら、たすけになれるのは、エルサしかいないじゃない」

たしかに、アナのいうとおりです。エルサは、ゆっくりとうなずきました。

「そうかもしれない。でも、エルドラっていう国《くに》が、どこにあるのかさえ知《し》らないのよ。場所《ばしょ》もわからないところに、どうやっていくの？」

するとアナは、なにやら考《かんが》えながら、部屋《へや》のなかを歩《ある》きまわっていましたが、きゅうに「あっ、そうだ！」とさけんで、エルサにいいました。

「ねえ、いっしょにきて！」

アナは、エルサの手《て》をつかんでろうかにとびだすと、お城《しろ》の図書室《としょしつ》にかけこみました。そうして、お父《とう》さまの本《ほん》だなを上《うえ》から下《した》までざっとながめて、さがしていた本《ほん》を見《み》つけました。地図帳《ちずちょう》です。

なかには、アレンデールのまわりにある、すべての王国《おうこく》がしるされていました。

アナは、手《て》ばやくページをめくっていきました。

「これだわ！」

それは、黒《くろ》ずんだ、ぼろぼろの地図《ちず》でした。

エルサは、その地図《ちず》を見《み》て、まずアレンデールを見《み》つけ、つぎに指《ゆび》で海《うみ》の上《うえ》をなぞっていって、エルドラを見《み》つけました。

ほんとうにいくとしたら、ずいぶん長《なが》い旅《たび》になりそうです。

女王《じょおう》になると、そうかんたんに決《き》められないことは、たくさんあります。エルサは、お父《とう》さまのつかっていた古《ふる》いひじかけいすに、すとんとこしをおろして、ため息《いき》をつきました。

そんなエルサを見《み》て、アナがいいました。

「ねえ、エルサ、夏《なつ》の女王《じょおう》をたすけてあげなくちゃ。もしエルサのまわりに、だれもたすけてくれる人《ひと》がいなかったら、たいへんだったと思《おも》わない？」

いわれてみれば、そのとおりです。エルサには、いもうとのアナがいます。だいじなことを決《き》めるときも、アナが相談《そうだん》にのってくれるので、ほんとうにたすかっています。

夏《なつ》の女王《じょおう》にも、いもうとがいるのかしら？

それとも、エルドラの国《くに》を、たったひとりでおさめなくてはならないのかしら。

エルサは、しばらく考《かんが》えてから、口《くち》をひらきました。

「わかったわ。でも、まずはカイに相談《そうだん》しないと。るすのあいだ、国《くに》をしっかり見《み》てくれるよう、大臣《だいじん》たちにちゃんとおねがいしておかなくてはね」

エルサは、侍従《じじゅう》のカイをよんで、エルドラへの旅《たび》について、せつめいしました。

すると、カイはいいました。

「そういうことでしたら、大臣《だいじん》たちとわたくしとで、おるすのあいだ、しっかりと国《くに》をまもります」

アナは、もう期待《きたい》に目《め》をきらきらさせています。

「じゃあ、いくのね、エルサ？」

「わたし、人《ひと》をたすけるのは、だいすきだから……」

エルサが、しずかにいうと、アナがさけびました。

「そうこなくっちゃ！　エルサがすばらしい女王《じょおう》になったのは、人《ひと》だすけが、だいすきだからだもん。それに、ふたりで力《ちから》をあわせれば、きっと、なんだってできるわ」

エルサは、にっこりしました。アナのいうとおりです。

「カイ、船《ふね》の用意《ようい》をしてちょうだい」

エルサは、てきぱきといいました。

「夏《なつ》の女王《じょおう》をたすけにいくわ。そうして、エルドラの国《くに》をすくうのよ！」

カイは、おじぎをしました。

「ただちにご用意《ようい》いたします、陛下《へいか》」

アナは、「やったあ！」と歓声《かんせい》をあげました。

つぎの数日間《すうじつかん》は、アナとエルサの旅《たび》のしたくを手《て》つだうので、アレンデールじゅうの人《ひと》たちが、てんてこまいでした。

服《ふく》を荷物《にもつ》につめるのは、侍女《じじょ》たちが手《て》つだってくれました。人々《ひとびと》は、パンや、ほし肉《にく》や、焼《や》き菓子《がし》を、おくりものとして持《も》ってきてくれました。

ようやくしたくがととのって、アナとエルサがふなつき場《ば》へむかおうとしたそのとき、エルサの部屋《へや》に、オラフがとびこんできました。

「ねえ、ぼくもつれてってて！　ぼく、夏《なつ》がだいすきなんだもん！」

アナが、くすくすわらいだしました。

エルサは、オラフの頭《あたま》をやさしくなでて、いいました。

「もちろんよ、オラフ。いっしょにいきましょう」

2

いざ、真夏《まなつ》の国《くに》へ！

アレンデールの港《みなと》には、おおぜいの人《ひと》がつめかけていました。

みんな、わたしとアナに、「いってらっしゃい」を、いいにきてくれたのね。

エルサはうれしくなりました。

女《おんな》の人《ひと》たちが、ハンカチをふっています。男《おとこ》の人《ひと》たちは、子《こ》どもを肩車《かたぐるま》しています。船員《せんいん》たちは、トランクをつぎつぎと船《ふね》につみこむのに、おおいそがし。

トランクのなかには、エルサとアナが旅《たび》でつかうものが、ぎっしりつまっています。

エルサとアナはうでをくんで、人々《ひとびと》のあいだを、すりぬけていきました。

エルサは、にこにこせずに、いられません。エルドラの国《くに》にいくのが、とても楽《たの》しみです。夏《なつ》の女王《じょおう》とも、なかよくなれそうな気《き》がします。

船《ふね》の下《した》につくと、エルサはふりかえって、人々《ひとびと》のほうをむきました。これから、みじかいスピーチをするつもりです。人々《ひとびと》が、わざわざあつまってくれたこと、そして、いろいろ手《て》つだってくれたことに、ひとことお礼《れい》をいいたかったのです。それに、あまり長《なが》くるすにするわけではないから、安心《あんしん》してほしい、ということもつたえなくてはなりません。

でも、口《くち》をひらこうとしたちょうどそのとき、だれかがドレスのそでを、くいくいとひっぱりました。

アナです。なんだか、思《おも》いつめたような顔《かお》をしています。

「どうしたの、アナ？　船《ふね》の旅《たび》がこわいの？」

アナは、首《くび》をよこにふりました。

「ううん。そうじゃなくて……あたし、今《いま》、気《き》がついたの。このまま旅《たび》に出《で》たら、クリストフとスヴェンにしばらく会《あ》えなくて、すごくさみしいだろうなって」

ふたりの名前《なまえ》をきいたとたん、エルサもきゅうに、さみしくなりました。きょうまでは、旅《たび》のしたくがあまりにもいそがしくて、友《とも》だちに会《あ》えなくなることにまで、気《き》がまわりませんでした。

エルサはふりかえって、大《おお》きな木《き》の船《ふね》をじっと見《み》つめました。

あとふたりぐらいふえても、だいじょうぶそうね。

エルサはにっこりして、アナの肩《かた》にうでをまわしました。

「さあ、いそいでクリストフとスヴェンに、きいてきてちょうだい。『いっしょにエルドラにいかない？』って」

「わあ、いいの？」

アナは、ぱっと顔《かお》をかがやかせました。

エルサは、うなずいて、アナにウィンクしてみせました。

「やったあ！」

アナは、「ありがとう」というように、両《りょう》手《て》をにぎりあわせました。

「じゃ、きいてくるね！」

アナは、クリストフたちをさそいに、人《ひと》ごみのなかへむかって、かけだしました。


エルサと、アナと、オラフは、船《ふね》の甲板《かんぱん》に立《た》って、アレンデールの人《ひと》たちに「いってきます」と手《て》をふりました。

いっぽう、クリストフとスヴェンは、船員《せんいん》たちの手《て》つだいで、おおいそがし。仕《し》

事《ごと》はたくさんありました。クリストフは、いかりをあげるのを手《て》つだいました。スヴェンは、帆《ほ》をあげるのを手《て》つだいます。

大《おお》きな白《しろ》い帆《ほ》が、するするとマストにあがっていくのを見《み》て、エルサは目《め》をかがやかせました。すっかり上《うえ》まであがると、帆《ほ》は、潮風《しおかぜ》をうけて、ふわりとふくらみました。

船長《せんちょう》がさけびます。

「出航《しゅっこう》！」

船《ふね》は、ゆっくりと岸《きし》をはなれました。ふなつき場《ば》につめかけた人々《ひとびと》が、「いってらっしゃいませ」「ごぶじで」と口々《くちぐち》にさけびながら、めいっぱい手《て》をふります。

船《ふね》は、海《うみ》の上《うえ》をぐんぐん走《はし》りだしました。

アレンデールから遠《とお》ざかるにつれて、あたりのけしきが、どんどんかわっていくことに、エルサは気《き》がつきました。

アレンデールの入り江《い》《え》では、山々《やまやま》は白《しろ》く雪《ゆき》におおわれ、冷《つめ》たい、真《ま》っ青《さお》な水《みず》には流氷《りゅうひょう》がういています。

でも今《いま》はもう、雪《ゆき》はどこにも見《み》えません。アレンデールでは青《あお》い色《いろ》をしている海《うみ》も、ここでは、ずいぶんみどり色《いろ》がかって見《み》えます。

トルコ石《いし》のような、青《あお》みどり色《いろ》です。

エルサはうれしくなって、潮風《しおかぜ》をむねいっぱいにすいこみました。空《そら》ではカモメが、ひらりひらりと、宙《ちゅう》がえりをしています。

「きれいねえ、アナ」

エルサはいいました。

アレンデールをはなれて、こんなに遠《とお》くまできたのは、生《う》まれてはじめてです。

ああ、世界《せかい》って、ほんとうに大《おお》きいのね。

エルサは、知《し》らない国《くに》をたんけんするのが、ますます楽《たの》しみになってきました。

「ほんとうにきれいだね」

アナも、いいました。

「だからね、もっとよく見《み》えるところに、いってみようと思《おも》うの」

エルサの目《め》のまえで、アナは、帆《ほ》がはってあるマストの上《うえ》を見《み》あげました。てっぺんに、木《き》でできた見《み》はり台《だい》があり、太《ふと》いロープで、がっちりとマストにくくりつけてあります。船員《せんいん》は、あの見《み》はり台《だい》に立《た》って、遠《とお》くの海《うみ》のようすを見《み》たり、陸地《りくち》をさがしたりするのです。

「アナ、あそこにのぼるつもり？」

エルサは思《おも》わず、心配《しんぱい》そうな声《こえ》を出《だ》してしまいました。

アナは、いたずらっぽい顔《かお》で、にやっとしました。

「心配《しんぱい》しないで、エルサ。気《き》をつけるのはとくい中《ちゅう》のとくいだもん！」

そういうと、アナは、マストのところまで元気《げんき》よく歩《ある》いていきました。それから縄《なわ》ばしごを両手《りょうて》でつかみ、いちばん下《した》の段《だん》に、左足《ひだりあし》をしっかりとかけました。

そのとき、きゅうにクリストフがかけつけてきました。

「アナ王女《おうじょ》、失礼《しつれい》ながら、上《うえ》までのぼるのは、わたくしめのほうが、よいのではないでしょうか？」

クリストフは、おどけてうでをぐいっとまげ、力《ちから》こぶをつくってみせました。

甲板《かんぱん》のおくで、オラフのとなりに立《た》っているスヴェンが、楽《たの》しそうに、鼻《はな》をフガフガならします。

「クリストフ、あたしは、縄《なわ》ばしごなんて、するするのぼれますよーだ」

アナは、うふふとわらい、右足《みぎあし》をつぎの段《だん》にかけてのぼりました。つぎに左足《ひだりあし》をもう一段上《いちだんうえ》にかけてふんばり、右手《みぎて》で上《うえ》の段《だん》をつかもうとした、そのときです。

アナが、ずるっと手《て》をすべらせてしまったのです！

「きゃっ！」

エルサは、思《おも》わず悲鳴《ひめい》をあげて、息《いき》をのみました。

クリストフは、アナがおちてきたらうけとめようと、両手《りょうて》をのばします。

でも、みんなびっくり。アナは、「えへっ」とわらっています。

「なーんてね。ちょっとびっくりさせただけ」

「んもう、アナったら！」

みんなは、ほっと、息《いき》をつきました。

アナは、マストのてっぺんまでのぼって、そろそろと、見《み》はり台《だい》の上《うえ》にのりました。

「うわあ。エルサ、クリストフ、すごいながめよ！　まわりじゅうぐるりと、なんキロも先《さき》まで見《み》わたせる」

アナは、すばらしいけしきを楽《たの》しみながら、ゆっくりとあたりを見《み》まわしていきましたが、とちゅうで止《と》まると、海《うみ》の上《うえ》を指《ゆび》さしてさけびました。

「見《み》て！　イルカ！」

ふりかえってアナがさしているほうを見《み》ると、エルサとクリストフにも、イルカのむれが見《み》えました。こちらへむかって、ぐんぐんおよいできます。

「えっ、イルカ？　どこどこ？　ぼく、まえからイルカを見《み》てみたかったんだ！」

オラフがさけんで、甲板《かんぱん》のおくから走《はし》ってきました。頭《あたま》の上《うえ》の雪雲《ゆきぐも》が、ぽんぽんはずみます。

「イルカさーん、こんにちは！　ぼく、オラフっていうの。ぼく、あったか〜いハグが――」

そのときです。

いきおいよく走《はし》ってきたオラフが、ロープにつまずいて、ひゅーんと、宙《ちゅう》に投《な》げだされてしまったのです！

エルサの目《め》には、オラフがおちてくるところが、スローモーションのように見《み》えました。このままでは、船《ふね》の手《て》すりをこえて、海《うみ》におちてしまいます。

エルサはとっさに両《りょう》うでをひろげて、魔法《まほう》の力《ちから》をよびさましました。

たちまちオラフの下《した》に、氷《こおり》のすべり台《だい》があらわれました。オラフは、すべり台《だい》の上《うえ》におちて、するするすべり、ぶじ、甲板《かんぱん》の上《うえ》に、ストンとおりました。

「うひゃあ。おもしろかったあ！」

オラフが、楽《たの》しそうな声《こえ》をあげます。

エルサは、また、ほっと息《いき》をつきました。

「あぶなかったぞ」

クリストフが、ぶつぶついうと、エルサも、うなずきました。

いろいろなことがありすぎて、なんだか少《すこ》しくたびれました。すわる場所《ばしょ》をさがしているところへ、船長《せんちょう》がやってきました。両手《りょうて》でうやうやしく、ぼうしを、むねのまえに持《も》っています。

「失礼《しつれい》いたします、陛下《へいか》。ご夕食《ゆうしょく》のしたくが、ととのいました。王女《おうじょ》さまとご友人《ゆうじん》もごいっしょに、船室《せんしつ》へおいでください」

「ありがたい！」

クリストフが、真《ま》っ先《さき》にいいました。

「おれ、はらぺこなんだ」

スヴェンも、フガーと、うなずきました。

「すぐにおりていくわ！」

アナは、見《み》はり台《だい》からさけびました。

エルサのおなかが、ぐうとなりました。やっぱり、おなかがすいています。

でも、食堂《しょくどう》と寝室《しんしつ》のある下《した》の船室《せんしつ》へおりようとしたとき、ふと、なにかが気《き》になって、足《あし》を止《と》めました。

エルサは、ふりかえって船長《せんちょう》にたずねました。

「ねえ、船長《せんちょう》さんと船員《せんいん》のみなさんは、どうするの？」

「陛下《へいか》とみなさまに、先《さき》にめしあがっていただいて、わたしどもは、あとからいただきます」

船長《せんちょう》は、そういって、おじぎをしました。

「あら、だめよ、そんなの！」

エルサはいいます。

「仲間《なかま》なんだから、みんなでいっしょにいただきましょう」

船長《せんちょう》は、顔《かお》じゅうに笑《え》みをうかべました。

「ありがとうございます、陛下《へいか》」

食堂《しょくどう》で、アレンデールの船員《せんいん》たちは、エルサたちといっしょに、スープと、パンと、〝グレッグ〟とよばれるホットワインの夕食《ゆうしょく》を、みんなでわいわいおしゃべりしながら、食《た》べました。

すてきな光景《こうけい》に、エルサはうれしくなりました。

船員《せんいん》たちのなかには、うたいだす者《もの》もいれば、これまでの航海《こうかい》の話《はなし》をはじめる者《もの》もいます。

エルサは、にっこりしました。

旅《たび》は、まだはじまったばかり。でも、あしたはどんなことがおこるかと、楽《たの》しみでたまらなくなりました。

3

エルサの魔法《まほう》が、きかない？

「おーい！　陸《りく》が見《み》えるぞー！」

大《おお》きな声《こえ》がきこえたような気《き》がして、エルサは目《め》をさまし、寝台《しんだい》の上《うえ》で体《からだ》をおこしました。

今《いま》、なにかきこえなかった？

エルサは、じっと耳《みみ》をすましました。

けれど、きこえてくるのは、アナの寝《ね》息《いき》ばかり。

でも、しばらくすると、やっぱり声《こえ》がきこえてきて、エルサは、はっとしました。

「陸《りく》だぞー！」

だれかが、船員《せんいん》みんなによびかけているのです。エルドラの国《くに》が、見《み》えたのにちがいありません！

「アナ、ねえ、おきて！」

エルサはそういって、寝台《しんだい》からとびおりました。

アナは、こぶしで、くしゅくしゅと目《め》をこすって、あくびをしました。

「んー、なあに？」

アナは、まだねむそうです。エルサは、大《おお》きな声《こえ》でいいました。

「もうすぐよ！　いよいよ、夏《なつ》の国《くに》に、つくんですって！」

それをきいて、アナも、ぱっと目《め》をさまし、寝台《しんだい》からとびおりました。

「わあ、ほんと？　やっとつくのね！」

この数日間《すうじつかん》、船《ふね》の上《うえ》では、おもしろいことが、たくさんありました。

エルサは、帆《ほ》のあげかたをおそわりましたし、天気《てんき》のわるいときに、甲板《かんぱん》の出入《でい》り口《ぐち》をきっちりしめる方法《ほうほう》もおそわりました。

でも、そうやって楽《たの》しんではいても、やっぱりはやくエルドラにいってみたくて、たまりませんでした。

陸地《りくち》が、こいしかったせいもあります。

でもなにより、はやくエルドラの女王《じょおう》に会《あ》ってみたくて、しかたがなかったのです。

エルサとアナは、すばやくねまきをぬいで、服《ふく》にきがえると、甲板《かんぱん》にいるみんなのところへ、かけつけました。

「おはよう、クリストフ、スヴェン。船長《せんちょう》、おはようございます」

エルサは、みんなにあいさつをしました。

そして、ひたいに手《て》を当《あ》てがって、日《ひ》ざしをふせぎながら、海《うみ》のむこうをながめました。

ずっと遠《とお》くに、茶色《ちゃいろ》い陸地《りくち》が、細長《ほそなが》くのびています。

じっと目《め》をこらしていたら、あせがひとしずく、ほおをつたって、ぽとりとおちました。

「ふう、暑《あつ》いわねえ！　こんなの、生《う》まれてはじめてよ」

エルサは思《おも》わず、よこにいるアナにいいました。

アナも、まぶしそうに目《め》を細《ほそ》くしています。顔《かお》のまえで、手《て》をパタパタうごかしてあおぎながら、アナは、いいました。

「うん、ほんとに、暑《あつ》いね。お日《ひ》さまも、ぎらぎらしてるし、なんていうか、すっごく……ええと……」

「夏《なつ》っぽい？」

となりからオラフがいって、うふふとわらいました。

エルサもアナも、オラフのほうを見《み》ました。

オラフは、とびきりの笑《え》みをうかべています。

おまけに、自分《じぶん》だけの雪雲《ゆきぐも》をつれているので、いかにもすずしそう。

エルサは、思《おも》わずわらってしまいました。

「そうね、オラフ。とても夏《なつ》っぽいわ」

ちょうどそのとき、強《つよ》い風《かぜ》が、びゅーっとふいてきて、帆《ほ》をふくらませました。

船《ふね》は波《なみ》にゆられながら、いきおいよくすすみます。

船員《せんいん》たちは、船《ふね》があまりおおゆれにならないよう、バランスをたもつのにひっしです。

いっぽうエルサはといえば、アレンデールとちがって、風《かぜ》がちっともすずしくないことに、びっくりしていました。

……これは、熱風《ねっぷう》じゃないの。

さわやかな気分《きぶん》になるどころか、風《かぜ》がふいてくると、ますます暑《あつ》くなってしまいます。

「ねえ、この風《かぜ》も、夏《なつ》の女王《じょおう》の魔法《まほう》だと思《おも》う？」

アナが、エルサの耳《みみ》もとで、ささやきました。

「わからないわ」

エルサはそういって、船員《せんいん》たちのようすを見《み》まわしました。みんなおおいそがしで、あせだくになりながら、はたらいています。

「とにかく、みんなが少《すこ》しでもすずしくなるよう、なんとかしなくちゃ」

エルサは、甲板《かんぱん》で、トンと足《あし》をならしました。

たちまち甲板《かんぱん》は、うすくつもった雪《ゆき》と氷《こおり》でおおわれました。空気《くうき》も、ぐっとすずしくかんじられます。

エルサは、にっこり。

でも、つぎのしゅんかん、顔《かお》をくもらせてしまいました。

船《ふね》が波《なみ》にゆられるたびに、船員《せんいん》たちが、甲板《かんぱん》のあっちからこっちへと、すべってしまうのです。とてもまっすぐに立《た》っていられません。雪《ゆき》のふきだまりに足《あし》をとられて、しりもちをつく船員《せんいん》もいます。

クリストフが、エルサのとなりでうでぐみをし、片方《かたほう》のまゆげをきゅっとあげながら、つぶやきました。

「うーん、これは、かえって仕事《しごと》がしにくいんじゃないかな」

「そのとおりね」

エルサは、もう一度《いちど》、甲板《かんぱん》でトンと足《あし》をならしました。

甲板《かんぱん》をおおっていた雪《ゆき》と氷《こおり》は、たちまちどこかへ消《き》えさりました。

そのとき、ビャーネという名前《なまえ》の若《わか》い船員《せんいん》が、大《おお》きなジョッキに、あつあつのグレッグを入《い》れて、はこんでくるのが見《み》えました。

エルサはとっさに手《て》まねきして、ビャーネをよびよせます。

雪《ゆき》の多《おお》いアレンデールでなら、船員《せんいん》たちは、グレッグで身《み》も心《こころ》もあたたまって、元気《げんき》にはたらけるでしょう。でもかんかんでりのエルドラでグレッグを飲《の》んだら、ますます暑《あつ》くなるだけです。

エルサがさっと両手《りょうて》をあげると、ジョッキは、あつあつのグレッグではなく、四《し》角《かく》い氷《こおり》でいっぱいになりました。

「これならいいでしょう」

エルサはにっこりして、自信《じしん》たっぷりにいいました。

ところが、なんということでしょう。氷《こおり》が、たちまちとけはじめたのです。

「エルサの魔法《まほう》、どうしちゃったの？」

アナが、心配《しんぱい》そうにききました。

「どうもしていないわ。でも、ここではすずしくするのが、思《おも》ったよりむずかしいみたいね」

エルサはちょっぴり不安《ふあん》になって、アナと目《め》を見《み》あわせました。

ひょっとすると、夏《なつ》の女王《じょおう》の魔法《まほう》が、エルサの魔法《まほう》より強力《きょうりょく》なのでしょうか？

エルサは、くしゃくしゃと頭《あたま》をかいて、すずしくなる方法《ほうほう》を考《かんが》えようとしました。

そのとき、オラフがスヴェンに話《はな》しかける声《こえ》が、きこえてきました。

「ぼく、夏《なつ》がだ〜いすき。ほんとにだいすきなんだ」

オラフは、夏《なつ》のすばらしさを、楽《たの》しそうに語《かた》っています。

エルサの心《こころ》は、ほっこりしました。

オラフはいつでも楽《たの》しそうなので、いっしょにいるだけで元気《げんき》になります。

楽《たの》しくて、やさしくて、あったかいハグがだいすきなオラフ。

……そうだわ！

エルサは、きゅうにいいことを思《おも》いついて、大《おお》きな声《こえ》でさけびました。

「ねえ、みんな、オラフを、ぎゅーっとだきしめるのよ！」

船員《せんいん》たちはみんな、「どうしちゃったんだろう？」という顔《かお》で、エルサを見《み》つめました。

でもエルサは、そんなことは気《き》にせず、オラフのところへとんでいくと、片《かた》ひざをついて、オラフを、ぎゅーっとだきしめました。

ふう〜。

思《おも》わずため息《いき》が出《で》てしまいます。オラフのおかげで、ずいぶんすずしくなりました。

「わあ、エルサったら、天才《てんさい》！」

アナはさけぶと、自分《じぶん》もオラフのところへ走《はし》っていって、ぎゅーっとだきしめました。

それを見《み》て、クリストフが、くすっとわらいました。

「いい考《かんが》えだね、エルサ」

そうして、オラフのところへ歩《ある》いていくと、うでをひろげました。

「おいで、オラフ」

「ぼく、なんだかてれちゃうな〜」

オラフは、そういいながらも、みんなにかこまれてうれしそう。

「だいすきだよ、クリストフ！」

オラフは、クリストフのうでにとびこんで、ほおずりしました。それから、船員《せんいん》のみんなのほうをふりむくと、小枝《こえだ》のうでをひろげました。

「さあ、おつぎはだれだい？」

船員《せんいん》たちは、ひとりずつじゅんばんに、雪《ゆき》だるまのオラフをだきしめました。

全身《ぜんしん》が雪《ゆき》でできていて、自分《じぶん》の雪雲《ゆきぐも》にまもられたオラフだけは、暑《あつ》い船《ふね》の上《うえ》にいても、ひんやりと冷《つめ》たいままだったのです。

4

エルドラの人《ひと》たち

「陛下《へいか》、岸《きし》からは少《すこ》しはなれておりますが、ここにいかりをおろそうと思《おも》います」

船長《せんちょう》がいいました。

エルサは、うなずきました。

船《ふね》は、エルドラの港《みなと》に入《はい》っていました。

港《みなと》のなかには、色《いろ》あざやかな小《ちい》さい漁《ぎょ》船《せん》が、たくさんうかんでいます。漁師《りょうし》さんたちが、力《ちから》をあわせて魚《さかな》とりあみをひっぱりあげており、あみには、たくさんの魚《さかな》がかかって、ぴちぴちはねています。

漁船《ぎょせん》のむこうには、エルドラの海岸《かいがん》が

ひろがっていました。

「あそこまで、どうやっていくの？」

エルサは、船長《せんちょう》にたずねました。

すると船長《せんちょう》が、甲板《かんぱん》におかれた、小《ちい》さな木《き》のボートを指《ゆび》さしました。

「これからボートを海《うみ》におろして、船員《せんいん》のひとりが、陛下《へいか》と王女《おうじょ》さまとご友人《ゆうじん》を、岸《きし》べまでおつれします」

「ありがとう。たすかるわ」

エルサは、やさしくいいました。

船員《せんいん》たちは力《ちから》をあわせて、小《ちい》さなボートを、ゆっくりと海面《かいめん》におろしました。つぎに船《ふね》のわきからボートまで、縄《なわ》ばしごをたらします。

アナと、エルサと、オラフと、クリストフは、ひとりずつじゅんばんに、縄《なわ》ばしごをつたって、ボートにおりました。

それからエルサは、大《おお》きな船《ふね》を見《み》あげました。甲板《かんぱん》には、まだスヴェンがのこっています。

「おうい、スヴェン！」

クリストフが、さけびます。

「そこからとびおりていいぞ！　うけとめてやるから、だいじょうぶだ」

スヴェンは、「ほんとうかい？」というように、片方《かたほう》のまゆげを、ひょいとあげました。

それから二、三歩《ぽ》うしろにさがると、いきおいをつけて、ひらりと船《ふね》の手《て》すりをとびこえました。

ドスン！

スヴェンは、ぶじにボートにとびおりましたが、あんまりいきおいよくおりたので、大《おお》きな水《みず》しぶきがあがりました。クリストフも、アナも、エルサも、びしょぬれです。

「ひゃー、おかげでやっとすずしくなったわ！」

アナはわらいながら、髪《かみ》の毛《け》をぎゅっとしぼりました。

船員《せんいん》のひとりが、岸《きし》にむかってボートをこいでくれました。岸《きし》がどんどん近《ちか》づいてきます。

エルドラでは、なにもかもアレンデールとはようすがちがうことに、エルサは気《き》がつきました。

雪《ゆき》におおわれた山《やま》もなければ、みどりの草原《そうげん》もありません。

地面《じめん》は、どこまでも平《たい》らにひろがっています。

漁師《りょうし》さんたちのきている服《ふく》も、エルサの見《み》なれたものとはちがいます。クリストフのきているような、毛皮《けがわ》のついたベストや、毛織《けお》りのズボンではなく、長《なが》くて、ゆったりとした、上着《うわぎ》やズボンを身《み》につけているのです。色《いろ》とりどりのスカーフを、頭《あたま》にまきつけている人《ひと》もいます。

エルサは、みつあみにした自分《じぶん》の髪《かみ》の毛《け》にふれながら、アナの顔《かお》を見《み》ました。エルサの髪《かみ》は、白《しろ》っぽい金色《きんいろ》、アナの髪《かみ》は赤《あか》い色《いろ》をしています。

「エルドラの人《ひと》たちは、わたしたちとはずいぶんちがうのね」

エルサはアナの耳《みみ》もとでいいました。ここではだれもが、こい茶色《ちゃいろ》か、黒《くろ》い色《いろ》の髪《かみ》をしています。

アナがうなずきました。

「うん。それに、だれも魔法《まほう》のドレスをきてる人《ひと》はいないね」

エルサは、きらきら光《ひか》る水色《みずいろ》のドレスを見《み》おろしました。

それからもういちど、アナと顔《かお》を見《み》あわせると、ふたりとも、なんだかおかしくなって、ぷっとふきだしました。

いっぽう、オラフは、おおはしゃぎです。

「うわあ、夏《なつ》の国《くに》って、ぼくが夢《ゆめ》に見《み》ていたとおりだあ！」

オラフは、うっとりしながら、いいました。

「あったかくて、お日《ひ》さまがきらきらしてるぅ」

オラフは、にこにこしながら、漁師《りょうし》さんたちに手《て》をふりました。

エルドラの漁師《りょうし》さんは、びっくり。目《め》をまるくして、オラフを見《み》つめるばかりです。

「ねえねえ、エルサ」

アナは、エルサに顔《かお》を近《ちか》づけていいました。

「エルドラの漁師《りょうし》さんは、雪《ゆき》だるまを見《み》たことがないんじゃないかなあ」

それから、声《こえ》をひそめて、つけたします。

「とくに、しゃべったり、歩《ある》いたりする雪《ゆき》だるまはね」

「そうかもね、アナ」

エルサも、ひそひそ声《ごえ》でいって、にっこりしました。


エルサは、ボートから岸《きし》べに、おりたちました。

やっぱり、なにかがおかしいわ。

エルサがそう思《おも》ったとき、アナが口《くち》をひらきました。

「ねえ、この国《くに》は、エルサの魔《ま》法《ほう》で、雪《ゆき》と氷《こおり》にとじこめられたときのアレンデールに、そっくりよ。ただ、エルドラは、雪《ゆき》じゃなくて砂《すな》におおわれているけど」

アナのいうとおりです。エルドラには、草《くさ》もなければ、木《き》もはえていません。背《せ》のひくい、こんもりとした木《き》すらもありません。

エルサが歩《ある》くたびに、足《あし》が砂《すな》にめりこみます。雪《ゆき》の上《うえ》を歩《ある》くときにそっくりですが、寒《さむ》くはありません。

「思《おも》ったより、たいへんなことになっているみたいね。きてよかったわ」

エルサがいったとき、うしろからオラフの声《こえ》がきこえました。

「エルサ、アナ、まって～！」

ふりかえると、エルドラの漁師《りょうし》さんたちが、オラフをかこんでいました。

みんな、じゅんばんにオラフをだきしめてから、うれしそうに、ぽーんとほうりあげています。オラフには、もう、友《とも》だちができたようです。オラフは、楽《たの》しそうに、けらけらわらいながら、こちらへむかってかけだしました。

エルサは足《あし》を止《と》めて、オラフがやってくるのをまちました。

みんなのところへつくと、オラフは、真《ま》っ先《さき》にいいました。

「すてきだと思《おも》わない？　こんなに暑《あつ》いなんて！」

「ああ。でもちょっとばかり暑《あつ》すぎるな」

クリストフがいい、ベストをぬいで、肩《かた》にひっかけました。

「ぼく、夏《なつ》がだ～いすき！」

オラフは、元気《げんき》いっぱいです。

エルサは、アナの顔《かお》を見《み》て、ちょっぴりため息《いき》をつきました。

「オラフは、あまりにも夏《なつ》がすきだから、この国《くに》が、真夏《まなつ》にとらわれてたいへんなことになっているって、わからないのね。もっともオラフは、どんなときでも、たいへんだ、なんて思《おも》わないのかもしれないけれど」

エルサはそういうと、やさしくオラフの頭《あたま》をなでました。


砂浜《すなはま》を歩《ある》いていくと、みんなは、魚売《さかなう》りの少年《しょうねん》に出会《であ》いました。

荷車《にぐるま》に魚《さかな》をつみこんでいます。

「やあ、こんにちは」

少年《しょうねん》が、にっこりわらっていいました。

「ぼく、カーマルっていうんだ。エルドラへようこそ！」

「やあ、はじめまして、カーマル」

クリストフが、いいました。

「はじめまして、カーマル」

オラフもいって、小枝《こえだ》のうでをひろげました。

「きみもハグしてみる？」

カーマルはびっくりして、「うわっ」とさけびました。どうやら、雪《ゆき》だるまを見《み》るのは、はじめてのようです。

クリストフが、にかっとわらいました。

「オラフのことなら、こわがらなくてもだいじょうぶ。いいやつだからね」

クリストフは、あくしゅをしようと、カーマルにむかって手《て》をさしだしましたが、なにかに気《き》づいて、ふしぎそうな顔《かお》になりました。

「なあ、氷《こおり》は入《い》れないのかい？」

クリストフは、カーマルの荷車《にぐるま》を指《ゆび》さしました。魚《さかな》は、エルドラの太陽《たいよう》に、じりじりと焼《や》かれています。

アレンデールでは、魚《さかな》はかならず氷《こおり》づめにされます。そうすれば、長《なが》いこと新鮮《しんせん》なままにしておけるのです。

エルサもそのことを知《し》っていたので、カーマルの荷車《にぐるま》をのぞいてみましたが、氷《こおり》らしきものは、どこにもありません。

「氷《こおり》かい？」

カーマルがいいました。

「そりゃあ、あればうれしいけど、エルドラには氷《こおり》がないんだ。だからぼくらは、海《うみ》の水《みず》で魚《さかな》の新鮮《しんせん》さをたもつんだよ」

そういうと、カーマルはバケツで、海《うみ》の塩水《しおみず》を、ざーっと魚《さかな》にかけました。

「エルドラには、氷《こおり》がないって?」

クリストフは、目《め》をまるくしました。

スヴェンもおなじ気持《きも》ちなのか、フンガーと鼻《はな》をならして、目《め》を見《み》はっています。

エルドラはほんとうに、アレンデールと、なにもかもが、ちがっています。

「カーマル、こんにちは。わたしは、アレンデールのエルサ女王《じょおう》よ」

エルサが名《な》のると、こんどはカーマルが目《め》を見《み》はって、ふかぶかとおじぎをしました。

「失礼《しつれい》しました、陛下《へいか》。ぼく、そんなえらい方《かた》と話《はな》してるなんて、知《し》らなかったんです」

エルサは、やさしくほほえみました。

ほとんどの人《ひと》は、あまり女王《じょおう》に会《あ》うことがないのですが、エルサはときどき、そのことをわすれてしまうのです。エルサは、カーマルのうでにそっと手《て》をそえて、顔《かお》をあげるよう、うながしました。

「わたしは、夏《なつ》の女王《じょおう》さまにお目《め》にかかるために、友人《ゆうじん》たちといっしょにやってきたの。一年《いちねん》じゅう真夏《まなつ》にとらわれているエルドラを、すくいたいと思《おも》って」

エルサがそういうと、カーマルは、ふしぎそうな顔《かお》をしました。

「たしかに、一年《いちねん》じゅう真夏《まなつ》みたいなかんじはしますね」

カーマルは、おでこのあせをぬぐいながら、いいました。

「けど、お城《しろ》はここから何日《なんにち》も歩《ある》かないとつかないし、今《いま》、お城《しろ》の門《もん》は、とざされていますよ」

それをきいたエルサは、びっくりして、アナと顔《かお》を見《み》あわせました。

「あたしたちのお父《とう》さまとお母《かあ》さまが、アレンデールのお城《しろ》の門《もん》をしめちゃったときと、そっくりね！」

アナが、ささやきます。

エルサは目《め》をとじて、ずっとまえ、アレンデールのお城《しろ》の門《もん》がとざされていたころのことを思《おも》いかえしました。

あのころは、けっしてお城《しろ》の外《そと》に出《だ》られなかったし、いもうとのアナにも、めったに会《あ》えませんでした。いっさい人《ひと》に会《あ》わずにいれば、魔法《まほう》で人《ひと》をきずつけることも、なかったからです。

けれど、エルサにとって、それは、とてつもなくさみしい毎日《まいにち》でした。

エルサは、夏《なつ》の女王《じょおう》が気《き》の毒《どく》になりました。きっと、さみしい思《おも》いをしているにちがいありません。

「ねえ、カーマル」

エルサは、目《め》をあけて、カーマルにたずねました。

「エルドラのお城《しろ》へいく道《みち》をおしえてくれない？」

「かしこまりました、陛下《へいか》」

カーマルが、答《こた》えます。

「まずは、市場《いちば》においでください。そこで、旅《たび》に必要《ひつよう》なものが買《か》えますから」

カーマルは、浜《はま》の近《ちか》くにある、にぎやかな市場《いちば》を指《ゆび》さしました。

スヴェンが、フゥーンといって、クリストフのうでに鼻先《はなさき》をこすりつけます。

「わかってるって。ここの市場《いちば》にも、ニンジンは売《う》ってると思《おも》うよ」

クリストフは、おなかをすかせたスヴェンの耳《みみ》もとでいいました。

「市場《いちば》ね。わかったわ」

エルサは、カーマルにいいました。

「それからどこへいけばいいの？」

「それから、エルドラ砂漠《さばく》をわたります。かなりの長旅《ながたび》です」

そういってカーマルは、足《あし》のみじかいオラフに目《め》をやりました。

「とくに、えっと……歩《ある》くと、ずいぶんかかります」

「うわーい、ぼく、長旅《ながたび》、だ〜いすき！」

オラフが、のんきによろこびます。

いっぽうエルサは、ちょっと心配《しんぱい》になって、アナと目《め》を見《み》あわせました。

カーマルが、先《さき》をつづけます。

「砂漠《さばく》をこえると、ようやくエルドラの丘《おか》につきます。そこにエルドラ城《じょう》があるんです」

「ありがとう、カーマル。あなたのおかげで、よくわかったわ」

エルサは、お礼《れい》をいいました。

「魚《さかな》が売《う》れるよう、いのってるよ」

クリストフもいいました。
エルサたちは、カーマルに「さようなら」と手《て》をふって、また歩《ある》きだしました。

5

おそいかかる砂《すな》あらし

市場《いちば》につくと、エルサは目《め》をかがやかせました。

エルドラの市場《いちば》は、とってもすてき。いろいろな色《いろ》やかおりが、あふれています。どの屋台《やたい》にも、やさいや、くだものや、肉《にく》や、魚《さかな》が山《やま》づみです。コーヒー豆《まめ》や、お茶《ちゃ》の葉《は》を売《う》っているお店《みせ》もあります。あざやかなオレンジ色《いろ》のサフランや、赤《あか》いパプリカなど、めずらしいスパイスを、どっさり売《う》っているお店《みせ》もあります。ゆたかなかおりが、あたりにただよい、エルサの鼻《はな》をくすぐります。

市場《いちば》のなかを歩《ある》きまわってみると、エルサは、お店《みせ》の人《ひと》たちが、みんな明《あか》るい笑《え》みをうかべていることに、気《き》がつきました。

「エルドラの人《ひと》って、みんな、いい人《ひと》そうね」

エルサがいうと、アナがうなずきました。

「うん。あたしも、話《はな》しかけてみようかな。ほら見《み》て、あのすてきなじゅうたん！　きれいな布《ぬの》や、くつも！」

アナは、スキップしながら、市場《いちば》のなかを見《み》てまわりました。色《いろ》とりどりの、手《て》織《お》りのじゅうたん。ベルトや、かばんや、さいふなど、革《かわ》でつくった品々《しなじな》――。エルドラの市場《いちば》には、思《おも》いつくかぎり、あらゆるものが売《う》られているようです。

通路《つうろ》の角《かど》をまがったとき、アナは、クリストフと、はちあわせしそうになりました。クリストフは、大《おお》きな木《き》の荷馬車《にばしゃ》を、じっくりとながめているところでした。

「見《み》てくれよ、このみごとな細工《さいく》」

クリストフは、感心《かんしん》したように首《くび》をふりながら、うつくしくほりあげられた部分《ぶぶん》を、そっと指《ゆび》でなぞりました。

「アレンデールにおいてきたそりに、まけないくらいよくできてる」

「ほんと、すてきだね」

アナも、うなずきました。

「でも、おみやげにするには、ちょっと大《おお》きいんじゃない？」

「なにいってんだ」

クリストフは、くくっとわらいました。

「カーマルが、お城《しろ》までは、歩《ある》くとずいぶんかかるっていってただろ？　この荷馬《にば》車《しゃ》をつかえば、スヴェンにひっぱっていってもらえると思《おも》うんだ」

「それは、すばらしい考《かんが》えね、クリストフ！」

うしろから、エルサがいいました。

エルサはすぐにお店《みせ》の人《ひと》を見《み》つけて、話《はな》しかけようとしました。

旅《たび》をつづけるためには、この荷馬車《にばしゃ》が必要《ひつよう》です。

ところが、エルサが声《こえ》をかけようとしたとたん、お店《みせ》の人《ひと》は、おびえたように目《め》を見《み》ひらき、エルサの目《め》のまえで、ピシャリと、まどをしめてしまいました。

エルサはびっくり。エルドラの人《ひと》たちは、みんな、あたたかくむかえてくれていたのに、こんな失礼《しつれい》なふるまいをするなんて。

そのとき、アナがさけびました。

「エルサ、見《み》て！」

エルサが、ぱっとふりかえると、遠《とお》くに、大《おお》きな黒雲《くろくも》がわきあがっているのが見《み》えました。

「かみなり雲《ぐも》かな？」

アナがききます。

エルサは、首《くび》をよこにふりました。

「そうは思《おも》えないわ」

エルサは黒雲《くろくも》を指《ゆび》さしました。雲《くも》は、空《そら》ではなく、地面《じめん》をおおうようにうかんでいます。

つぎにエルサは、足《あし》もとを見《み》ました。風《かぜ》が強《つよ》くなって、砂《すな》がうずをまいています。

エルサは、はっと気《き》がつきました。

あの雲《くも》——砂《すな》あらしだわ！

エルサは、砂《すな》が目《め》に入《はい》らないよう、顔《かお》のまわりにマントをまきつけました。

「たいへん！」

アナがさけびました。

「きっと夏《なつ》の女王《じょおう》のしわざよ。夏《なつ》の女王《じょおう》が、なにかに、はらを立《た》ててるんだわ」

「ええ。ずいぶん魔法《まほう》の力《ちから》が強《つよ》いみたいね」

エルサもいいました。

「ねえ、どうしよう？」

アナが、たずねます。

エルサは、あたりを見《み》まわしました。今《いま》からでは、もう、荷馬車《にばしゃ》を買《か》うことはできません。お店《みせ》の人《ひと》たちは、まどをしめたり、荷物《にもつ》をまとめたりして、すばやく店《みせ》じまいしてしまいました。

砂《すな》あらしがおそってきたら、物《もの》かげにかくれなくてはなりませんが、あたりには、かくれる場所《ばしょ》もありません。

「なんとかして、砂《すな》あらしよりはやく、にげるしかないな」

クリストフがいいました。

「そんなこと、できるの？」

と、アナ。

クリストフは、肩《かた》をすくめました。

「正直《しょうじき》なところ、おれにもできるかどうか、わからない。それでも、やってみるしかないだろ。みんなは、どう思《おも》う？」

アナはうなずきました。スヴェンは、「よし」というように鼻《はな》をフガフガならしました。オラフはにっこりして、「おもしろそうだね！」といいました。

「じゃあ、それで決《き》まりね」

エルサがいいました。

「とにかく、歩《ある》けるところまで、歩《ある》きましょう」

エルサたちは、砂《すな》あらしにおいつかれまいと、いっしょうけんめい先《さき》をいそぎました。

　でも、すすめばすすむほど、エルサは、心配《しんぱい》になってきました。うしろをふりかえるたびに、空《そら》が、どんどんくらくなってきます。まだ、ひるまなのに……。どうやら、砂《すな》あらしが、おいついてきたようです。

「もうだめ、おいつかれそう」

　アナが、いいました。アナは、頭《あたま》からかぶった上着《うわぎ》を、ぎゅっとおさえました。

「もっといそがなくちゃ」

「ひきかえしたほうがいいかもしれないな」

　クリストフが、どなりました。風《かぜ》が、ごうごううなるので、思《おも》いきり大《おお》きな声《こえ》を出《だ》さないと、きこえません。

　エルサは、もう一度《いちど》ふりかえって、うしろをながめました。もう市場《いちば》は、見《み》えません。それどころか、ほとんどなにも見《み》えません。

クリストフに話《はな》しかけようとしたとき、エルサのつま先《さき》が、なにかにごつんとぶつかりました。なにか、かたいもののようです。

「いたっ！　いったいなんなの？」

エルサは、ますますくらくなっていくなかで、しゃがむと、足《あし》もとをさぐりました。

なんと、おどろいたことに、エルサがぶつかったものは、木《き》のボートでした。砂《すな》のなかに、ふせたかっこうで、おきざりにされています。

アナも、それを見《み》てさけびました。

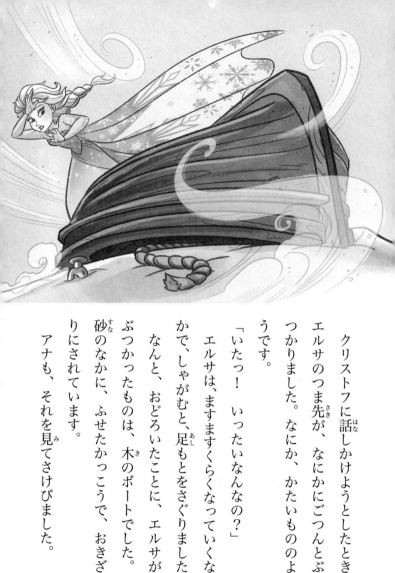

「砂漠《さばく》のまんなかに、どうしてボートがあるの？」

「わからないわ！」

エルサは、立《た》ちあがって、さけびかえしました。

もうほとんどなにも見《み》えないし、声《こえ》をとどかせるのも、とてもたいへんです。

そのときです。

とつぜん、エルサの足《あし》が、ふわっと地面《じめん》からうきました。風《かぜ》が、エルサをさらっていこうとしているのです！

「きゃあ！　アナ、たすけて！」

エルサは、ひっしに手《て》をのばして、アナにつかまろうとしました。

「エルサ！　こっちよ！」

アナは、どなりました。いっしょうけんめい手《て》をのばして、とびあがります。そして、あぶないところで、エルサの手《て》をしっかりつかみました。

「つかまえた！」

「おい、だいじょうぶか？　みんな、こっちだ！」

クリストフが、さけびました。

クリストフは、砂《すな》にひざをつくと、はらばいになって、ボートの下《した》にもぐりこみました。エルサに、アナ、スヴェンがあとにつづきます。

ふせたボートは、小《ちい》さな小屋《こや》のようでした。砂《すな》あらしをのがれるには、ぴったりのかくれがです。

「ふうう、あぶなかったね」

アナがいって、髪《かみ》の毛《け》や服《ふく》についた砂《すな》を、はらいおとしました。

エルサもうなずきました。

「またまた、すばらしい考《かんが》えだったわね、クリストフ」

エルサは、ほっと体《からだ》の力《ちから》をぬきました。

アナも、スヴェンも、クリストフも、みんなぶじでよかった……。

そう考《かんが》えてから、エルサは、ぎょっとして真《ま》っ青《さお》になりました。

「たいへん！……ねえ、オラフはどこ？」

6

オラフはどこ？

エルサは、砂《すな》あらしがしずまるのを、じりじりしながらまちました。風《かぜ》がふきあれているときに、さがしにいくのは、危険《きけん》すぎます。

風《かぜ》のうなる音《おと》がきこえなくなると、エルサは、すぐにボートからはいだしました。

「わあ、まぶしい！」

エルサは、思《おも》わず声《こえ》をあげました。

お日《ひ》さまがぎらぎらかがやいていて、目《め》がくらみそうです。エルサは、目《め》がなれるまで、なんどかまばたきをしました。

それからあたりを見《み》まわして、はっと息《いき》をのみました。どこもかしこも、砂《すな》にうもれています。四方八方《しほうはっぽう》、目《め》のとどくかぎり、砂《すな》しか見《み》えません。

やがて、アナと、クリストフと、スヴェンも、ボートからはいだしてきて、エルサのとなりに、立《た》ちました。

アナは、まぶしそうに目《め》を細《ほそ》めました。クリストフは、目《め》の上《うえ》に手《て》をかざして、日《ひ》ざしをさえぎっています。

「うわあ。まえは、砂浜《すなはま》って砂《すな》だらけだな、って思《おも》ってたけど、こっちのほうが、ずっとすごいね！」

アナが、いいました。

「ああ、砂浜《すなはま》どころじゃないな。これが、カーマルのいってた、エルドラ砂漠《さばく》じゃないのか？」

クリストフは、そういってスヴェンのところへ歩《ある》いていき、ポケットからニンジンをとりだしました。スヴェンがうれしそうに鼻《はな》をならして、「まってました」とばかりに、かぶりつきます。

「きっと、砂《すな》あらしからにげてるうちに、ずいぶん遠《とお》くまできちゃったのね」

アナはいいました。

「もう、市場《いちば》が、ぜんぜん見《み》えないもん」

「そうね」

エルサがうなずきます。

「市場《いちば》どころか、なにも見《み》えないわ。見《み》えるのは砂《すな》ばかり」

エルサは、顔《かお》をしかめました。オラフのことが、心配《しんぱい》です。こんな砂漠《さばく》のまんなかで、どうやってさがしあてればいいのでしょう？

すると、アナがさっと手《て》をのばして、エルサの手《て》をにぎってくれました。

「心配《しんぱい》しないで、エルサ。きっと見《み》つかるよ。それにほら、オラフは夏《なつ》がだいすきだし」

アナのいうとおりです。どこにいるにしても、オラフはきっと、熱《あつ》い砂《すな》を思《おも》うぞんぶん楽《たの》しんでいることでしょう。

エルサたちは、砂丘《さきゅう》をのぼったりおりたりしてかけまわり、オラフの名《な》をよんでは、地平線《ちへいせん》まで、じっと目《め》をこらして、あたりを見《み》まわしました。

しばらくして、クリストフがさけびました。

「おい！　あれ、なんだ？」

クリストフが見《み》ているほうに目《め》をやると、ひとつの砂丘《さきゅう》のてっぺんに、小《ちい》さなまるいものが、のっているのが見《み》えました。砂《すな》とおなじ茶色《ちゃいろ》っぽい色《いろ》をしていて、遠《とお》くから見《み》ると、まるで、石像《せきぞう》のようです。

「おかしいわね。いったいなにかしら？」

エルサがいうと、クリストフが答《こた》えました。

「わからない。とにかく、しらべてみよう！」

エルサたちは、石像《せきぞう》にむかって走《はし》りました。

近《ちか》づくにつれて、石像《せきぞう》の形《かたち》が、はっきり見《み》えてきました。まあるい体《からだ》に、つんととがった鼻《はな》……そう、オラフにそっくりです！

エルサは、もしかしたら、と思《おも》いながら息《いき》を止《と》め、それから、おそるおそる声《こえ》をかけました。

「オラフ……なの？」

エルサは、そうっと歩《ある》いていって、石像《せきぞう》のすぐとなりに立《た》ちました。

するととつぜん、石像《せきぞう》が、もぞもぞ、うごきだしたではありませんか！　砂《すな》が、パンとはじけて、そこらじゅうにとびちります。

なかから出《で》てきたのは、白《しろ》くてまあるい雪《ゆき》だるま。オラフです！

「やあ、みんな！」

オラフはうれしそうにいって、のこった砂《すな》をはらいおとしました。オラフだけの雪雲《ゆきぐも》もぴょこんととびだして、頭《あたま》の上《うえ》にうかびました。

「うわあ、すごいね。どこもかしこも砂《すな》だらけ！　ぼく、夏《なつ》がだ～いすき！　みんなもすきでしょ？」

エルサと、アナと、クリストフは、思《おも》わずふきだして、思《おも》いっきりわらいました。

ああ、オラフがぶじでよかった！


みんなは、またいっしょうけんめい砂丘《さきゅう》をこえて、ボートのあったところへもどりました。

「それにしても、どうしてこんなところに、ボートがおいてあるんだろう」

クリストフが、くつのつま先《さき》で、そっとボートをつっつきました。

「しかも、こんなふうにさかさまにして」

「ほんとね」

アナもいいました。

「すごくふしぎ。砂漠《さばく》のまんなかに、ボートをほったらかすなんて」

「これも、夏《なつ》の女王《じょおう》と、なにか関係《かんけい》があるのかしら」

エルサがいいました。

アナとクリストフが、「さあ」と首《くび》をかしげたとき、オラフがさけびました。

「ねえ、見《み》て見《み》て！　みずうみだよ！」

エルサと、アナと、クリストフは、オラフの見《み》ているほうを、じっと見《み》つめました。なるほど、ずっと遠《とお》くに、きらきら光《ひか》る、青《あお》いみずうみのようなものが見《み》えます。かげろうのなかで、ちらちらゆれながら、光《ひか》っています。

「どうりで、ボートがあるわけだ」

クリストフが、わらいながらいいました。

エルサは、うっとりと、みずうみをながめました。ひと休《やす》みするには、ぴったりの場所《ばしょ》にちがいありません。

ああ、さっき市場《いちば》で、荷馬車《にばしゃ》を手《て》に入《い》れられればよかったのに……。

そのとき、いい考《かんが》えが、ひらめきました。

「ねえ、このボートをひっくりかえしたらどうかしら」

エルサは、みんなにいいました。

「そうして、スヴェンにひっぱってもらうの！」

「ああ、そりのかわりにするのか」

クリストフが、大《おお》きな声《こえ》をあげました。

「そうすれば、みんなでのりこんで、砂漠《さばく》をすすんでいけるな！」

「いい考《かんが》えだね、エルサ！」

アナも、うれしそうです。

クリストフが、リュックサックからロープを二本《ほん》とりだして、いっぽうのはしを、ボートの右《みぎ》がわと左《ひだり》がわに、しっかりむすびつけました。つぎに、もういっぽうのはしを、スヴェンの引《ひ》き具《ぐ》にとりつけます。

こうして、旅《たび》のしたくができました。

「さあさあ、ご婦人《ふじん》がた、どうぞおのりください」

クリストフが、おどけていいながら、うやうやしくおじぎをしました。

「そこの紳士《しんし》もどうぞ」

クリストフが、オラフにいいます。オラフは、くすくすわらいました。

みんながボートにのりこむと、クリストフは、手綱《たづな》をにぎります。

「さあ、スヴェン、いくぞ！」

スヴェンが、フガーと鼻《はな》をならし、ボートのそりは、長《なが》い砂漠《さばく》の旅《たび》へと、出発《しゅっぱつ》しました。

ボートがうごきだすと、エルサは、とってもねむくなりました。砂丘《さきゅう》をのぼったりおりたりしてかけまわったので、とてもくたびれてしまったのです。エルサは、ボートにねそべって、目《め》をとじ、思《おも》いっきりあくびをしました。

ついにエルサが、うとうとしはじめたとき、なぜかボートが、すーっと止《と》まりました。

「なあに。どうして止《と》まったの？」

エルサは、ききました。

クリストフが、びっくりしたような顔《かお》で、きょろきょろしています。

「どうなってるんだ？」

クリストフは、頭《あたま》をかきました。

「みずうみが、どこかに消《き》えちまった」

エルサは、体《からだ》をおこして、あたりを見《み》まわしました。

クリストフのいうとおりです。みずうみは、どこにもありません。

そこにはただ、かわききったくぼ地《ち》が、ひろがっているばかりでした。

7

夏《なつ》の女王《じょおう》の力《ちから》

「しんきろうだったのかもしれないわね」

エルサが、しょんぼりしながらいいました。

「しんきろう？」

アナが、みずうみのひあがったあとらしき、くぼ地《ち》の土手《どて》にこしをおろしました。

「ええ。しんきろうって、ちょっと魔法《まほう》ににていて、そこにはないものが、見《み》えたりするの」

「みずうみとか？」

クリストフがききます。

エルサは、うなずきました。

「そのとおり」

「いじわるな魔法《まほう》だね」

アナが、ぼそっとつぶやくと、砂《すな》の上《うえ》にあおむけになって、片手《かたて》で目《め》をおおいました。

「アナ、どうかしたの？」

エルサがたずねました。

アナは、体《からだ》をおこしてため息《いき》をつきました。

「ううん。ただ、この旅《たび》は、思《おも》ったほど楽《たの》しくないなって」

アナはスヴェンに目《め》をやりました。スヴェンは、暑《あつ》いなかで、はあはあと息《いき》を切《き》らしています。

「それに、危険《きけん》だし。ひきかえしたほうが、いいんじゃないかしら」

「ええっ、せっかく夏《なつ》の国《くに》にきたのにぃ！　こんな、すてきなところにきたのに、すぐ帰《かえ》るなんて、つまらないよ」

オラフがそういって、小枝《こえだ》のうでを大《おお》きくひろげます。

アナは、オラフの言葉《ことば》に、少《すこ》しだけわらってみせました。

エルサは、アナのとなりにこしをおろしました。

とちゅうであきらめるなんて、アナらしくありません。

「じれったい気《き》持《も》ちになるのは、わかるわ。でも、夏《なつ》の女王《じょおう》には、わたしたちの手《て》だすけが必要《ひつよう》なの。もしも、あなたがわたしをたすけに、北《きた》の山《やま》まできてくれなければ、アレンデールは、今《いま》も真冬《まふゆ》のままだったかもしれない。エルドラの人《ひと》たちを、そんな目《め》にあわせるわけにはいかないでしょう？」

アナの顔《かお》に、ようやく笑《え》みがもどってきました。

エルサが、つづけます。

「あなたは、わたしの知《し》っているなかで、いちばんゆうかんな人《ひと》よ、アナ。ふたりで力《ちから》をあわせれば、きっとうまくいくわ」

アナは、エルサの首《くび》にだきつきました。

「そうだよね、エルサのいうとおりだわ。ごめんなさい」

「わあ、ハグしてるぅ。ぼくも入《い》れて！」

オラフが、ひょこひょこやってきて、小枝《こえだ》のうでをひろげ、アナとエルサの肩《かた》にまわしました。それから、スヴェンによびかけました。

「スヴェン、きみもおいでよ」

スヴェンは、フゥーンと、小《ちい》さく鼻《はな》をならすと、アナとエルサとオラフの輪《わ》に、くわわります。

そこへ、クリストフがやってきました。

「あのう、ちょっといいかな？」

「まってて、クリストフ。今《いま》、いそがしいの」

アナは、エルサから、はなれようとしません。

「なあ、みんな！」

クリストフが、さっきより大《おお》きな声《こえ》を出《だ》しました。

「もういかないと。今《いま》、すぐに！」

「なんなの、クリ――」

エルサが、そういいながら顔《かお》をあげると……、とてつもなく大《おお》きな、一頭《とう》のイノシシと目《め》があいました！

イノシシは、にやっとしながら、うなっています。すがたはブタににていますが、体《からだ》はずっと大《おお》きくて、毛《け》むくじゃらです。口《くち》の両《りょう》がわから、長《なが》くて、するどい、真《ま》っ白《しろ》なきばが、つきだしています。

クリストフが、じりじりと、あとずさりをはじめたそのとき、オラフがイノシシにむかって、まっすぐかけだしました。

「わあ、見《み》て見《み》て！　かわいいなあ！」

オラフは、うれしそうに、小枝《こえだ》のうでをさしだします。

「ぼく、あの子《こ》のこと、『いい子《こ》いい子《こ》』してあげようっと……」

「オラフ、よせ！」

クリストフが、とっさに、オラフをつかまえました。イノシシは、今《いま》にもおそってきそうに、ぐっと身《み》をのりだしています。

「あぶないぞ。あいつ、なかよくする気《き》はないらしい」

エルサは、そろそろと立《た》ちあがりました。いきなりうごいて、イノシシをおこらせたくありません。

でも、あとずさりをはじめながらよく見《み》ると、もっとたくさんの目《め》が、こちらを見《み》つめていることに、気《き》がつきました。

イノシシは、一頭《とう》ではありません。むれで、砂漠《さばく》から、さまよいでてきたのです。エルサたちが、みんなで、ひあがったみずうみの土手《どて》にすわっているうちに、そっとうしろから、しのびよってきたのでしょう。

「エルサ、魔法《まほう》の力《ちから》でなんとかして！」

アナがささやいて、エルサの肩《かた》をつつきました。

「わかったわ」

エルサが、さっとうでをふると、地面《じめん》から氷《こおり》のかべがつきだして、イノシシたちのゆくてを、さえぎりました。

よかった、と、エルサは息《いき》をつきました。

ところが、つぎのしゅんかん、ぽかんとして、目《め》を見《み》はりました。エルドラの太《たい》陽《よう》に、じりじりてらされて、氷《こおり》のかべが、たちまちとけはじめたのです。

「まさか。まただわ！」

エルサはつぶやきました。

「どうしたの、エルサ？　どうして魔《ま》法《ほう》がきかないの？」

「夏《なつ》の女王《じょおう》のせいよ。力《ちから》が強《つよ》くて、かなわないの。この暑《あつ》さでは、どれだけ氷《こおり》を出《だ》しても、すぐにとけてしまう」

どうやら、エルサが氷《こおり》のかべを出《だ》したせいで、イノシシたちは、かえってびっくりし、はらを立《た》ててしまったようです。

むれのイノシシがみんな、ウーウー、グルグルうなりながら、こちらにせまってきます。

すると、オラフが、二、三歩《ぽ》、まえに出《で》ました。

「みんな、ここはぼくにまかせて。ぼくが、あいつらの気《き》をひくから、そのあいだにみんなは、先《さき》ににげてよ」

スヴェンが、「そんなのだめだよ」といわんばかりに、フガーと鼻《はな》をならして、まゆげを、つりあげました。

クリストフも反対《はんたい》です。

「それは、やめておいたほうがいいな、オラフ」

クリストフは、声《こえ》をひくくして、いいました。

「みんな、おれが合図《あいず》したら、いっせいにボートにかけもどるんだ。わかったな？用意《ようい》はいいかい？　それっ！」

エルサとアナは、いっしょうけんめい足《あし》をうごかして、全速力《ぜんそくりょく》で走《はし》りました。クリストフは、オラフをかかえて走《はし》ります。

　みんながボートにとびこむと、クリストフは、ロープをスヴェンの引《ひ》き具《ぐ》にすばやくとりつけて、どなりました。

「ようし、いいぞ。いけ、スヴェン、出発《しゅっぱつ》だ！」

　スヴェンは、ブルルン！　と大《おお》きく鼻《はな》をならして、ぐいぐいボートをひっぱり、砂漠《さばく》へ走《はし》りだしました。

「イノシシが、おってくるわ。エルサ、がんばって魔法《まほう》をかけて！」

　アナがさけびます。

　エルサは、ボートから身《み》をのりだして、魔法《まほう》をかけました。

　でも、いくら氷《こおり》のかべを出《だ》しても、すぐにとけはじめ、イノシシたちは、らくらくと、かべをつきやぶって、おいかけてきます。

「がんばってるのよ！　でも、まけそう！」

エルサは、さけびました。

なんどもなんども、魔法《まほう》の力《ちから》をよびさまし、ひっしに氷《こおり》のかべをつくって、イノシシたちの突進《とっしん》を、くいとめようとしました。

でも、イノシシが立《た》ちどまるほどたくさんのかべを、すばやく出《だ》すことは、できません。

「みんな、まけるな！」

クリストフが、さけびました。

「もうじき、砂漠《さばく》をぬけるぞ」

小《ちい》さな木《き》のボートは、さいごの大《おお》きな砂丘《さきゅう》のてっぺんに、のぼりつめました。

砂漠《さばく》のむこうに、小《ちい》さな草地《くさち》や、背《せ》のひくい木《き》が、ぽつぽつと見《み》えました。遠《とお》くには、なだらかな茶色《ちゃいろ》い丘《おか》や、山《やま》も見《み》えます。

いよいよ、エルドラ砂漠《さばく》のはしに、近《ちか》づいてきたのです。

都《みやこ》の家々《いえいえ》のやねも、かすかに見《み》えます。

「ああ、やっとだわ！」

エルサは、思《おも》わずさけびました。

そのとき、一本《ぽん》の矢《や》が、大《おお》きな弧《こ》をえがいて、エルサの頭《あたま》の上《うえ》をぴゅーんと、とおりすぎました。

「うわあ、なんだ〜？」

オラフが、びっくりして、口《くち》をぽかんとあけます。

エルサが、すばやくふりかえると、矢《や》は、イノシシの足《あし》もとの砂《すな》に、ぐさりとつきささりました。

イノシシたちはおびえて、一頭《とう》、また一頭《とう》とまわれ右《みぎ》をし、砂《さ》漠《ばく》のなかへ、すごすごとひきかえしていきます。

エルサが、ほっと息《いき》をついたちょうどそのとき、ボートが、すーっと止《と》まりました。

みんなはついに、エルドラの丘《おか》についたのです。

8

エルドラの都《みやこ》

「ふうう、あぶなかったね」

アナが、ボートをおりながらいいました。そして、スヴェンのところまで歩《ある》いていくと、やさしく頭《あたま》をなでました。

「あの矢《や》は、どこからとんできたんだろう？」

「さあ、わからないわ」

エルサも、ボートをおりながら、あたりを見《み》まわしました。

遠《とお》くの丘《おか》のまんなかあたりにすばらしいお城《しろ》があって、日《ひ》ざしをあびながら、きらきらとかがやいています。

「まあ、なんてきれいなの！」

エルサは、思《おも》わずにっこりしました。ついに夏《なつ》の女王《じょおう》に会《あ》えるのです！

歩《ある》きだそうとしたところへ、むこうから、ひとりの若者《わかもの》がやってきました。手《て》に弓《ゆみ》を持《も》ち、矢《や》を入《い》れた矢《や》づつを、背《せ》おっています。

「イノシシが、ごめいわくをおかけしたでしょう。どうもすみません」

若者《わかもの》は、頭《あたま》の上《うえ》で弓《ゆみ》をふりながら、元気《げんき》よくいいました。

「あなただったのね、矢《や》を射《い》て、イノシシをおいはらってくれたのは」

エルサがいいました。

「どうもありがとう！」

「いいうでじゃないか！」

クリストフも、いいます。

若者《わかもの》は、にっこりしました。

「ぼくは、アルヴァンといいます。エルドラの国《くに》へようこそ！」

「ありがとう、アルヴァン。わたしは、アレンデールのエルサ女王《じょおう》よ。これは、わたしのいもうとと、友人《ゆうじん》たち」

「はじめまして、陛下《へいか》」

アルヴァンは、ふかぶかと、おじぎをしました。

「失礼《しつれい》ながら、ぼくは、持《も》ち場《ば》にもどらなくてはなりません。イノシシなどのけものが、都《みやこ》に入《はい》ってこないよう見《み》はるのが、ぼくの仕事《しごと》なのです」

そういうと、アルヴァンは角《かど》をまがって、エルサたちのまえから、すがたを消《け》しました。

エルサは、じっくりと都《みやこ》をながめました。

道《みち》のようすも、建物《たてもの》も、なにもかもが、エルサの知《し》っているものと、ちがっています。

アレンデールでは、家々《いえいえ》のやねは、どれもみな、とがった三角《さんかく》やねです。でもエルドラでは、やねが平《たい》らです。アレンデールでは、道《みち》に石《いし》だたみや、れんがが、しきつめてありますが、エルドラの道《みち》は、土《つち》がむきだしになっています。アレンデールのお城《しろ》は、灰色《はいいろ》の石《いし》づくりで、みどり色《いろ》のやねの塔《とう》がついています。エルドラの建物《たてもの》は、うつくしいけれど、あらゆるものが茶色《ちゃいろ》をしています。

「ねえ、ごらんなさい」

エルサはみんなにいいました。

「この国《くに》は、なにもかもが、砂《すな》でできているみたい」

「うん、今《いま》のところはね！」

アナが、ウィンクしました。

「はやく、夏《なつ》の女王《じょおう》をたすけにいきましょ」

エルサたちは、お城《しろ》へむかって、土《つち》の道《みち》を歩《ある》きだしました。まもなく、みんなは、またべつの人《ひと》と出会《であ》いました。羊《ひつじ》のむれをつれた、羊飼《ひつじか》いです。

一頭《とう》の羊《ひつじ》の赤《あか》ちゃんが、とことことオラフのところへやってきて、ほっぺたを、ペロペロなめました。

「きゃはは、くすぐったいよう！」

オラフは、うでをバタバタ。

エルサとアナは、おおわらいです。

すると羊飼《ひつじか》いが、にっこりして、いいました。

「もうしわけない。うちの羊《ひつじ》は、はじめての人《ひと》と出会《であ》うと、うれしくて、ついはしゃいで

しまうんだ。おたくの羊《ひつじ》も、人《ひと》と会《あ》うのがすきそうだね」

「ええ、うちの子《こ》も、人《ひと》と会《あ》うのがだいすきなの」

エルサはいいました。

「でも、この子《こ》、羊《ひつじ》ではないわ。オラフっていうのよ」

羊飼《ひつじか》いは、みけんにしわをよせて、ふしぎそうにオラフを見《み》つめました。

「やあ、こんにちは。ぼく、オラフ。あったかいハグが、だ〜いすき」

オラフが、小枝《こえだ》のうでをふって、あいさつしました。

羊飼《ひつじか》いは、おどろいて目《め》をまるくし、おそるおそる、オラフに歩《あゆ》みよります。

エルサは、身《み》をのりだして、羊飼《ひつじか》いにささやきました。

「オラフはね、雪《ゆき》だるまなのよ」

オラフと羊飼《ひつじか》いが、おたがいに自己紹介《じこしょうかい》をしているあいだ、エルサは白《しろ》いふわふわの羊《ひつじ》たちを、見《み》つめました。

羊《ひつじ》の毛《け》は、あたたかい服《ふく》や、毛布《もうふ》をつくるのにつかわれます。

でも、エルドラでは、あたたかい服《ふく》なんて、いるとは思《おも》えません。こんなに暑《あつ》いのですから。今《いま》も、じっとしているだけで、ひたいにあせが、ふきだしてきます。

「さあ、みんな、そろそろいきましょう」

エルサは、みんなをうながしました。

アナもうなずいて、いいました。

「お城《しろ》についたら、冷《つめ》たい飲《の》みものを、もらえるかもね」

エルサたちは、また歩《ある》きはじめました。

やがてみんなは、ひとりのおばあさんが、なにやら大《おお》きな道具《どうぐ》のまえにすわっているところに、出《で》くわしました。大《おお》きな、木《き》のがくぶちのような形《かたち》をしたもので、何百本《なんびゃっぽん》、何千本《なんぜんぼん》という細《ほそ》い糸《いと》が、わくのはしからはしへと、はりわたしてあります。

「おじゃまして、ごめんなさい。なにをつくっていらっしゃるの？」

エルサは、おばあさんにたずねました。

すると、おばあさんが、にっこりしました。

「こんにちは。あたしは、ファラ。このはた織《お》り機《き》で、じゅうたんを織《お》っているのよ」

おばあさんは、小《ちい》さな金属《きんぞく》のかぎ針《ばり》のようなものを手《て》にとって、色《いろ》とりどりのより糸《いと》を、たて糸《いと》に織《お》りこみはじめました。たて型《がた》のはた織《お》り機《き》のいちばん下《した》には、もう、青《あお》と金色《きんいろ》のうつくしいじゅうたんが、少《すこ》しだけ、すがたをあらわしています。

そういえば、港《みなと》のそばの市場《いちば》でも、こんなじゅうたんが売《う》られていました。

「きれいだわ、ファラ」

エルサは、指先《ゆびさき》で、そっと糸《いと》をなぞりました。

「わたし、むかしから、はた織《お》りをおそわってみたかったの」

するとファラが、すっとよこにずれて、今《いま》まですわっていた地面《じめん》を、トントンとたたきました。

「ここにおすわり。おしえてあげるから」

「ほんとうに？」

エルサは、目《め》をかがやかせます。

ファラがうなずいてくれたので、エルサは、となりにこしをおろしました。そして、ファラからかぎ針《ばり》をうけとると、手《て》をそえてもらいながら、たて糸《いと》の上《うえ》へ下《した》へと、針《はり》をくぐらせ、より糸《いと》を織《お》りこみました。

「そうそう、じょうずだね。すじがいいよ」

ファラが、うなずきます。

「ありがとう。あなたのおしえかたが、じょうずなのよ。でも、もういかなくちゃ」

エルサは立《た》ちあがって、にっこりしながらお礼《れい》をいうと、またみんなといっしょに歩《ある》きはじめました。

クリストフが、エルサに近《ちか》づいてきて、いいました。

「なあ、一年《いちねん》じゅう真夏《まなつ》にとらわれてるにしては、エルドラの人《ひと》たちって、みんなすごく生《い》き生《い》きしてると思《おも》わないか？」

「そうなのよね。ふしぎだわ」

エルサは、うなずきました。

「だれも、こまってるようすは、なさそうだもんね」

アナも、首《くび》をひねります。

「こんなすてきなところにいて、こまる人《ひと》なんか、いるわけないよ」

オラフが、のんきにいいました。

アナは、オラフにむかって、にこっとしてから、またいいました。

「もしかすると、あんまり長《なが》いこと真夏《まなつ》のままだから、ほかの季節《きせつ》がどんなだったか、わすれちゃったのかも」

アナのいったことは、当《あ》たっているのでしょうか。

考《かんが》えながら、通《とお》りの角《かど》をまがったとき、エルサは、あっと息《いき》をのみました。

目《め》のまえに巨大《きょだい》な門《もん》がそびえていて、そこに大《おお》きな木《き》のとびらが二枚《まい》、ついています。

ついに、お城《しろ》の入《い》り口《ぐち》に、たどりついたのです。

門《もん》のまえには、ふたりの門番《もんばん》が立《た》っていました。どちらもりっぱな制服《せいふく》をきて、さやに入《い》れた大《おお》きな剣《けん》を、こしからさげています。

「どっちみち、すぐにわかるわ」

エルサは、いいました。

エルサは、門番《もんばん》に歩《あゆ》みよると、ひとつせきばらいをして、思《おも》いきり女王《じょおう》らしい声《こえ》

でいいました。

「わたしは、アレンデール王国《おうこく》のエルサ女王《じょおう》です。夏《なつ》の女王《じょおう》さまに、お目《め》にかかるためにやってまいりました」

すると、門番《もんばん》のひとりが、うやうやしくおじぎをしました。

「お目《め》にかかれて光栄《こうえい》です、エルサ女王陛下《じょおうへいか》。もうしわけございませんが、ただいま、エルドラの女王《じょおう》は、るすにしておられます。まもなく、おもどりになると思《おも》うのですが、今《いま》は、近《ちか》くの国々《くにぐに》を、訪問《ほうもん》しておいでです」

エルサは、みんなと顔《かお》を見《み》あわせました。

女王《じょおう》がよその国《くに》にいても、エルドラの国《くに》は夏《なつ》のままだなんて。

夏《なつ》の女王《じょおう》の魔法《まほう》は、そんなに強《つよ》いのかしら？

それとも、だれかべつの人《ひと》が、夏《なつ》の魔法《まほう》をかけているのかしら？

9

すてきなマリソル女王《じょおう》

そのときエルサの耳《みみ》に、ラッパのような音《おと》が、かすかにきこえてきました。

遠《とお》くのほうで、オレンジ色《いろ》と金色《きんいろ》の旗《はた》が、暑《あつ》い夏《なつ》の風《かぜ》にひるがえっているのも見《み》えます。旗《はた》のうしろには、馬《うま》やラクダの行列《ぎょうれつ》が、つらなっていました。砂漠《さばく》をわたって、都《みやこ》へと、やってくるようです。

「およろこびもうしあげます、エルサ女《じょ》王陛下《おうへいか》」

門番《もんばん》のひとりがいいました。

「エルドラの女王《じょおう》が、おもどりになりました」

エルサは、楽《たの》しみなのと、不安《ふあん》なのとで、むねがぎゅっとしめつけられるような気《き》がしました。

長旅《ながたび》をしてきて、ようやく夏《なつ》の女王《じょおう》に会《あ》えるのです！

エルサの頭《あたま》のなかを、いろいろな思《おも》いが、かけめぐりました。

夏《なつ》の女王《じょおう》は、やさしい人《ひと》かしら？

よろこんで、むかえてくれるかしら？

わたしたちは、夏《なつ》の女王《じょおう》の手《て》だすけをして、エルドラをすくうことが、できるかしら？

まもなく、馬《うま》とラクダの行列《ぎょうれつ》が近《ちか》づいてきて、また、ラッパのような音《おと》がきこえました。こんどは、さっきより、ずっと近《ちか》くからきこえます。

見《み》あげると、門《もん》の上《うえ》に騎士《きし》が立《た》って、長《なが》い角笛《つのぶえ》をふいていました。

とつぜん、エルドラの都《みやこ》が活気《かっき》づきました。

家《いえ》という家《いえ》から、人々《ひとびと》がとびだしてきて、道《みち》の両《りょう》がわにならびます。だれもが歓《かん》声《せい》をあげ、手《て》をたたいています。エルサは、アレンデールの港《みなと》から船出《ふなで》した日《ひ》のことを、思《おも》い出《だ》しました。あのとき、アレンデールの人《ひと》たちも、エルサたちの旅《たび》のぶじをねがって、見《み》おくりにきてくれました。

「夏《なつ》の女王《じょおう》のことを、こわがってる人《ひと》は、ひとりもいないみたいね」

アナが、つぶやきます。

エルサは、こんどは、戴冠式《たいかんしき》の日《ひ》のことを、思《おも》いかえしました。

まちがって、お城《しろ》の大広間《おおひろま》や、前庭《まえにわ》を氷《こおり》でおおってしまったとき、アレンデールの人《ひと》たちは、みんな、おそろしさのあまりふるえあがりました。

でも、エルドラの人《ひと》たちには、少《すこ》しもこわがっているようすはありません。

エルサは、アナにいいました。

「エルドラの人《ひと》たちはみんな、女王《じょおう》が帰《かえ》ってくるのを、心《こころ》からよろこんでいるみたいね。……ふしぎだわ」

エルサは、夏《なつ》の女王《じょおう》のすがたをひと目見《めみ》ようと、つま先立《さきだ》ちになりました。

どんな人《ひと》だか知《し》りたくてたまらないのですが、ちっとも見《み》えません。道《みち》は、人《ひと》でぎっしり。みんなが、女王《じょおう》の到着《とうちゃく》を、今《いま》か今《いま》かと、まちわびています。

「スヴェンの背中《せなか》にのってみるかい？ そのほうがよく見《み》えるかもしれないよ」

クリストフが、いってくれました。

エルサが、「ええ、おねがい」といおうとしたとき、人波《ひとなみ》が、さっと左右《さゆう》にわかれました。

エルサとおなじくらいの年《とし》ごろの、うつくしい女《おんな》の人《ひと》が、大《おお》きな黒馬《くろうま》にのってやってきました。

長《なが》い黒髪《くろかみ》を、きれいなみつあみにしています。目《め》は、チョコレート色《いろ》。そして、きらきら光《ひか》るオレンジ色《いろ》のドレスを、身《み》にまとっています。市場《いちば》で見《み》たスパイスの、サフランの色《いろ》です。

女《おんな》の人《ひと》は、人々《ひとびと》にむかって、うれしそうに手《て》をふると、するりと馬《うま》からおりました。そうして、お城《しろ》へむかって歩《ある》いていくとちゅう、門番《もんばん》の顔《かお》を見《み》て、立《た》ちどまり、かるくうなずきかけました。

「ねえ、オマール、るすのあいだ、エルドラのようすは、どうだった？」

「マリソル女王陛下《じょおうへいか》」

門番《もんばん》は、おじぎをしてからいいました。

「エルドラの人々《ひとびと》は、みんな元気《げんき》です。陛下《へいか》がぶじにおもどりになられたので、みんなよろこんでおります」

マリソル女王《じょおう》っていうのね！

エルサは、心《こころ》のなかで、くりかえしました。

とてもすてきな名前《なまえ》だわ。

そのとき、きゅうにマリソル女王《じょおう》がふりむいて、エルサの目《め》を見《み》つめました。

「オマール、そちらは？」

「マリソル陛下《へいか》、こちらは、アレンデール王国《おうこく》の、エルサ女王陛下《じょおうへいか》です」

オマールがいいました。

「そしてこちらは、いもうとぎみと、ご友人《ゆうじん》のみなさまです。陛下《へいか》にお目《め》にかかるため、アレンデールから、はるばる旅《たび》をしてこられました」

マリソル女王《じょおう》は、目《め》を見《み》はって、うれしそうに、にっこりしました。

「ああ、あなたたちが、そうなのね！」

そういって、パン！　と、手《て》をたたきました。

「エルドラの港《みなと》に、いかりをおろしてから、うつくしい白《しろ》い髪《かみ》の女王《じょおう》さまと、そのいもうとぎみと、おかしな小《ちい》さい雪《ゆき》だるまのうわさを、なんどもなんどもきいたの。わたし、ずうっとあなたがたのうしろを、旅《たび》してきたんじゃないかしら」

マリソルは身《み》をかがめて、オラフの頭《あたま》をなでると、びっくりして手《て》をひっこめました。

「きゃっ！　冷《つめ》たい！」

オラフが、くすくすわらいます。

エルサは、うれしくてたまりませんでした。

マリソル女王《じょおう》は、とってもすてきな人《ひと》です。魔法《まほう》の力《ちから》をおさえられずに、苦労《くろう》しているようには見《み》えません。もっとも空気《くうき》は、あいかわらず、がまんできないほど暑《あつ》いのですが。

「きてくださって、とってもうれしいわ」

マリソルが、いいました。

「楽《たの》しい旅《たび》をしていらしたんでしょう？」

これをきいて、こんどはアナが、くすっと、わらいました。

むりもありません。旅《たび》はスリル満点《まんてん》で、とってもわくわくしましたが、かならずしも、楽《たの》しいことばかりではありませんでしたから。

でも、エルサは、アナのわきばらを、そっと、ひじでつつきました。

それから、マリソルにむかって、気《き》のきいた答《こた》えを、かえしました。

「ありがとうございます。旅《たび》は、すてきなぼうけんでした。マリソル女王《じょおう》、これがいもうとのアナです。オラフは、もうごぞんじですよね。それから、こちらが、友《ゆう》人《じん》のクリストフと、スヴェンです」

マリソルは、アナやクリストフたちにも、やさしくあいさつをしました。

それから、エルドラの人々《ひとびと》にむかって、いいました。

「みなさん、ここに、アレンデール王国《おうこく》からの新《あたら》しい友人《ゆうじん》たちを、正式《せいしき》におむかえいたします。今夜《こんや》、この城《しろ》で、かんげいのパーティーを、ひらきます！」

エルドラの人々《ひとびと》から、「わーい！」「やったあ！」「うおお！」という声《こえ》が、いっせいに、あがりました。

マリソルは、またオマールのほうをむいて、大《おお》きな声《こえ》でいいました。

「オマール、門《もん》をあけてちょうだい！」

お城《しろ》の門《もん》が、ゆっくりと両《りょう》がわにむかって、ひらかれました。

なかには、うつくしい石《いし》づくりの広場《ひろば》があり、そのまんなかで噴水《ふんすい》が、ザーザーと、水《みず》をふきあげています。

マリソルは、エルサとアナの手《て》をとりました。

「これまでに、近《ちか》くの国々《くにぐに》の王《おう》さまたちとは、ほとんどお目《め》にかかったの。でもこうして、また、はじめての女王《じょおう》さまと、お目《め》にかかれるなんて、ほんとうにうれしいわ。それに王女《おうじょ》さまにまで。どうか、わたしの城《しろ》へいらしてちょうだい。長旅《ながたび》で、みなさま、さぞおつかれでしょう」

エルサは、なんだか、まごまごしてしまいました。

ねがっていたとおり、夏《なつ》の女王《じょおう》に会《あ》えたことは、とてもうれしく思《おも》っています。マリソルは、人々《ひとびと》に対《たい》してすごくやさしいし、お客《きゃく》さまであるエルサたちのために、パーティーもひらいてくれるといっています。これからきっと、いい友《とも》だちになれるでしょう。

でもそのいっぽうで、エルサは、この国《くに》がずっと真夏《まなつ》にとらわれていることも、自分《じぶん》の目《め》でたしかめました。マリソル女王《じょおう》は、熱《ねつ》と火《ひ》の魔法《まほう》を思《おも》いどおりにあやつれないことを、どう思《おも》っているのでしょう？

アナの顔《かお》を見《み》ると、「きいてみて」というように、目《め》で合図《あいず》をしてきました。

エルサは、大《おお》きく息《いき》をすいこむと、マリソルに顔《かお》をよせて、ささやきました。

「あのね……わたしも、いもうとも、エルドラのお城《しろ》の門《もん》がとざされているという話《はなし》をきいて、それはきっと、あなたが、ええと……魔法《まほう》の力《ちから》を、思《おも》いどおりにあやつれないせいではないかと、思《おも》ったの。だから、うまくつかいこなせるよう、手《て》だすけしなくては、って」

マリソルは、ぴたりと足《あし》を止《と》めました。

「えっ、なんの力《ちから》をですって？」

マリソルは、なんのことだか、さっぱりわからないようすです。

となりからアナがいいました。

「ほら、魔法《まほう》の力《ちから》よ。熱《ねつ》と火《ひ》の魔法《まほう》？」

マリソルは、きょとんとした顔《かお》で、しばらく考《かんが》えてから、きゅうに、ぷっとふきだしました。

「いやだわ、もう。わたしが、魔法《まほう》の力《ちから》なんか、持《も》ってるわけないじゃない」

エルサは、びっくりしました。

「でも、魔法《まほう》の力《ちから》がないのなら、この暑《あつ》さはどういうことなの？」

「それに、あの砂《すな》あらしは？」

アナも、ききます。

「それから、ひあがったみずうみは？」

クリストフもいいました。

スヴェンまでが、フガフガいいながら、足《あし》をふみならします。

エルサは、真剣《しんけん》な口調《くちょう》でいいました。

「ねえ、マリソル女王《じょおう》、わたしも、いもうとも、友人《ゆうじん》たちも、エルドラが一年《いちねん》じゅう真夏《まなつ》にとらわれているときいて、そこからすくいだすお手《て》つだいをするために、はるばるやってきたの」

それをきいて、マリソルは、にっこりしました。

「そうだったのね。どうもありがとう。でも、エルドラは、べつに真夏《まなつ》にとらわれているわけではないの。ただ暑《あつ》いだけ。ここは熱帯《ねったい》だから、一年《いちねん》じゅう、こういう気候《きこう》なのよ」

マリソルは、エルサたちが目《め》にしたものは、すべて自然《しぜん》の力《ちから》によるものなのだと
せつめいしました。エルドラは、たしかに暑《あつ》いのですが、人々《ひとびと》はこの気候《きこう》になれて
います。砂《すな》あらしもよくおこりますが、それは雨《あめ》がふったり、吹雪《ふぶき》がおこったりす
るのと、あまりかわらないことなのです。
「ほんとうのところ、このあたりでいちばん危険《きけん》なのは、野生《やせい》のイノシシなの」
マリソルは、いいました。
「だから人々《ひとびと》に弓矢《ゆみや》を持《も》たせて、見《み》はり番《ばん》をしてもらっているのよ」
それをきいて、エルサは、少《すこ》しぽかんとしました。
エルドラの人《ひと》たちが、「暑《あつ》さ」という危険《きけん》にさらされているのだとばかり思《おも》って、
ここまでやってきたのに、ほんとうは、そのような危険《きけん》なんて、なにもなかったのです。
うろたえるエルサを見《み》て、マリソルが、顔《かお》をくもらせました。
「ねえ、わたしが、魔法《まほう》をつかえないただの女王《じょおう》だとわかって、がっかりしないで

ちょうだいね」
マリソルは、しずかにいいました。

10

雪《ゆき》と氷《こおり》の魔法《まほう》

「もちろん、がっかりなんてしないわ！」

　エルサは、大《おお》きな声《こえ》でいって、マリソルの両手《りょうて》をとると、ぎゅっと、力強《ちからづよ》くにぎりました。

　がっかりなんて、するはずがありません。だって、こんなにすばらしい友《とも》だちが、できたのですから。

　それに、エルドラの人《ひと》たちが、しあわせだということがわかって、とてもうれしかったのです。

「あたしだって、魔法《まほう》の力《ちから》なんか、ぜー

んぜんないの」

アナが、ちょっぴりおどけて、マリソルにいいました。

「それでもエルサは、あたしのことが、すきみたいよ」

マリソルは、くすっとわらいました。もう、気持《きも》ちがはれたようです。

けれども、エルサは、ちょっぴりはずかしくなりました。

夏《なつ》の女王《じょおう》が、魔法《まほう》の力《ちから》をあやつれずに、苦労《くろう》していると思《おも》いこんで、エルドラまでやってきたのですから。

でも、オラフから、あれだけ、熱《ねっ》と火《ひ》の魔法《まほう》をあやつる女王《じょおう》や、夏《なつ》の国《くに》についての話《はなし》をきかされたら、だれだって信《しん》じてしまうでしょう。

エルサは、ぱっとオラフのほうをむいて、ちょっぴりこわい顔《かお》をしました。

「ねえ、オラフ」

「なあに？」

オラフが、のんびりといいます。

「夏《なつ》の国《くに》について、あなたがさいしょにきいてきたことを、もう一度《いちど》、ぜんぶ話《はな》してくれない？」

「いいよ！」

オラフは、小枝《こえだ》のうでをふりまわしながら、うれしそうに話《はな》しはじめました。

「ある日《ひ》、ぼくは、氷職人《こおりしょくにん》のみんなのところへいったんだ。そうしたらみんな、エルドラの話《はなし》ばっかりしてたの。そこは、一年《いちねん》じゅう真夏《まなつ》で――」

「ごめんなさい、ちょっといいかしら」

とつぜん、マリソルが、話《はなし》をさえぎりました。

「今《いま》、『氷職人《こおりしょくにん》』っていわなかった？」

エルサもオラフも、うなずきました。

「うん、いったよ」

「じゃあ、アレンデールには、氷《こおり》があるの？」

「もっちろん！」

オラフがいいました。

するとマリソルは、両手《りょうて》を、パンとならして、うれしさのあまり、ぴょんぴょんとびはねました。

「それはすばらしい知《し》らせだわ！」

マリソルは、声《こえ》をはずませると、きゅうにエルサとアナの手《て》をとって、ぐるぐると、おどりだしました。

「なあに。どうしたの、マリソル？」

エルサは、ききました。

「わたしが、近《ちか》くの国々《くにぐに》をたずねていたのは、まさにそのためだったの」

マリソルが、せつめいします。

「魚《さかな》を新鮮《しんせん》にたもったり、作物《さくもつ》を長《なが》もちさせたりするために、ずっと、氷《こおり》をさがしていたのよ。ほかの国《くに》と、貿易《ぼうえき》もしたかったのだけれど、氷《こおり》が見《み》つからなくて、あきらめていたの」

それをきいてエルサは、顔《かお》じゅうで、にっこりしました。

エルドラには、真夏《まなつ》をおわらせるため、女王《じょおう》の手《て》だすけをするつもりでやってきました。

でも、べつのやりかたで、手《て》だすけすることができるのです。なんてうれしいことでしょう。

「マリソル、アレンデールには、氷《こおり》ならいくらでもあるわ」

エルサは、力強《ちからづよ》くいいました。

「そうそう、クリストフは氷《こおり》の専門家《せんもんか》よ。氷《こおり》のことなら、だれよりもくわしいの」

クリストフが、ほおを真《ま》っ赤《か》にそめました。

スヴェンが、フンガー！　と鼻《はな》をならして、むくれます。

「ああ、ごめんなさいね。スヴェンも、氷《こおり》のことには、とってもくわしいわ」

エルサは、スヴェンの頭《あたま》をなでてから、また、マリソルのほうをむきました。

「あなたが必要《ひつよう》なだけ、いくらでも氷《こおり》をおくるから」

マリソルは、うれしさのあまり、なみだをうかべながら、エルサの首《くび》にだきつきました。

「ありがとう！　おかげでわたしも、エルドラの人《ひと》たちも、最高《さいこう》にしあわせよ」


エルドラとアレンデールが、協力関係《きょうりょくかんけい》をむすんだという知《し》らせは、たちまち国《くに》じゅうを、かけめぐりました。

夜《よる》のパーティーでは、エルドラの人々《ひとびと》が、エルサたちに、感謝《かんしゃ》の気持《きも》ちをあらわすため、あとからあとから、おくりものを持《も》って、やってきました。

アナとエルサは、おさとうやスパイス、それにうつくしい宝石《ほうせき》をもらいました。

クリストフとスヴェンには、手織《てお》りのしきものと、じゅうたんがおくられました。

アレンデールの寒《さむ》い冬《ふゆ》には、ぴったりです。

エルサは、ほほえみました。

エルドラ城《じょう》の大広間《おおひろま》は、人《ひと》でいっぱい。

みんなうたったり、おどったり、食《た》べたりして、このうえなく楽《たの》しいひとときをすごしています。

マリソルが、玉座《ぎょくざ》のひじかけから身《み》をのりだして、エルサに話《はな》しかけました。

「ねえ、あなたがこの城《しろ》についたとき、いっていたでしょう。わたしが魔法《まほう》の力《ちから》を、うまくつかいこなせるよう、手《て》だすけしようと思《おも》ったって。でも、わたし、魔法《まほう》の力《ちから》を持《も》ってる人《ひと》になんて、今《いま》まで会《あ》ったことがないわ。もしかして……」
マリソルは、いったんことばを切《き》って、エルサの目《め》を、じっと見《み》つめました。
「もしかして、あなたは、持《も》ってるの？」
エルサは、大《おお》きく息《いき》をすいこみました。
出会《であ》ったばかりのマリソルに、魔法《まほう》のことを、話《はな》してもいいものでしょうか？
マリソルは、こわがったりしないでしょうか？
すると、アナが、エルサの肩《かた》を、ぽんとたたいていいました。
「だいじょうぶ。エルサなら、うまくできる」
エルサは、うなずきました。アナのいうとおりです。
ゆっくり立《た》ちあがると、エルサは、大広間《おおひろま》のまんなかへ歩《ある》いていきました。
エルサは、ちょっぴり、どきどきしていました。
女王《じょおう》なのに、まだ注目《ちゅうもく》のまとになることに、なれていないのです。

今《いま》は、だれもがこちらを見《み》つめています。

エルサは、大《おお》きく息《いき》をすいこみました。それから、ドレスのスカートを両手《りょうて》でつまみあげると、ゆっくりと片足《かたあし》をあげて、トンと一度《いちど》だけ、ゆかをならしました。

そのとたん、エルドラのお城《しろ》じゅうのゆかが、一気《いっき》に氷《こおり》でおおわれました。まるで巨大《きょだい》なスケートリンクです！

人々《ひとびと》が、いっせいに息《いき》をのみました。

だれも、こんな光景《こうけい》は、見《み》たことがありません。

拍手《はくしゅ》と、歓声《かんせい》が、わきあがりました。ヒューヒュー、という口笛《くちぶえ》の音《おと》もきこえます。

やがて人々《ひとびと》は、びっくりしながらも、氷《こおり》の上《うえ》をすべりはじめました。ひざをついて、冷《つめ》たい氷《こおり》に、手《て》や顔《かお》をおしつけている人《ひと》もいます。

つぎにエルサは、両手《りょうて》を高々《たかだか》とあげました。

すると、てんじょうから、雪《ゆき》が、ひらひらと、ふりはじめたではありませんか。

人々《ひとびと》が、わいわいはしゃぎながら、舌《した》をつきだして、はじめての雪《ゆき》を味《あじ》わいます。

つもった雪《ゆき》をかためて、雪玉《ゆきだま》をつくったり、オラフににせて、小《ち》さな雪《ゆき》だるまをつくったりする人《ひと》もいます。

エルサは、はにかみながら、かるくひざをまげておじぎをし、大《お》きな拍手《はくしゅ》につつまれながら、席《せき》にもどりました。

アナが、「やったね」というようにウィンクします。

「すごかったわ」

マリソルが、まだ信《しん》じられないという顔《かお》で首《くび》をふり、エルサの手《て》をとって、いいました。

「エルサ、あなたはすばらしい女王《じょおう》さまよ。お近《ちか》づきになれて、とっても光栄《こうえい》だわ」

エルサは、ほこらしい気持《きも》ちで、ほほえみました。

エルドラへの旅《たび》は、最初《さいしょ》に思《おも》っていたのとは、ずいぶんちがうものになりました。

でも、やっぱりきてよかった、とエルサは思《おも》いました。

船旅《ふなたび》をして、こうして知《し》らない国《くに》をたずねたからこそ、マリソルというすばらしい友《とも》だちができて、エルドラの人《ひと》たちの力《ちから》にもなれたのですから。

夏《なつ》の国《くに》のすばらしさも、よくわかりました。

やっぱり、オラフのいうとおりだったのです。

ありがたいことに、今《いま》は建物《たても》のなかなので、氷《こおり》も、外《そと》にいたときほど、あっというまに、とけはしませんでした。

それでもエルサは、氷《こおり》がとけはじめるたびに、トンとゆかをならし、また新《あたら》しい氷《こおり》で、ゆかをおおいました。

翌朝《よくあさ》、エルサたちはお城《しろ》を出《で》て、マリソル女王《じょおう》に、おわかれのあいさつをしました。

「アレンデールについたらすぐ、エルドラに氷《こおり》をおくるよう手配《てはい》するわ」

エルサは、やくそくしました。

マリソルは、エルサの手《て》をにぎりました。

「時間《じかん》ができたら、またすぐエルドラにきてちょうだいね」

「ええ、くるわ。でも、あなたもアレンデールにこなくちゃだめよ」

エルサはいいました。

マリソルは、エルサを、ぎゅっとだきしめました。つぎに、アナのこともだきしめてからいいました。

「ふたりとも、ほんとうにしあわせね。おたがいにすてきな姉妹《しまい》がいて。どうぞお元気《げんき》で。ごきげんよう」

ふたりはエルドラの人《ひと》たちに、「さようなら」と、手《て》をふりました。何百《なんびゃく》という人《ひと》たちが、おわかれをいいに、あつまってきてくれたのです。

エルサは、なんだか、かなしい気持《きも》ちになりました。

「エルドラの国《くに》と、マリソル女王《じょおう》におわかれするのは、とてもさみしいわ」

エルサはため息《いき》をつきました。

「あたしもよ」

アナはそういって、エルサとうでをくみました。

「でもね、マリソル女王《じょおう》にはないしょの話《はなし》があるんだ。ききたい？」

「ええ、なあに？」

エルサが、ききかえします。

すると、アナが顔《かお》をよせて、エルサの耳《みみ》もとで、ささやきました。

「あたし、冬《ふゆ》がまちどおしいの」

エルサとアナは、顔《かお》を見《み》あわせて、わらいました。

そして、うでをくんだまま、長《なが》い帰《かえ》りの旅路《たびじ》についたのです。

訳者《やくしゃ》あとがき

ないとう ふみこ

エルサとアナのその後の物語《ものがたり》、第《だい》三弾《だん》、『エルサと夏《なつ》の魔法《まほう》』をおとどけします。今回《こんかい》は、エルサたちが、ついにアレンデール王国《おうこく》の外《そと》へと旅《たび》をします。それも船《ふね》にのって海《うみ》をわたり、まだ見《み》たことのない遠《とお》い国《くに》へと出《で》かけるのです。

旅《たび》へ出《で》ることになったそもそものきっかけは、オラフが、とあるうわさをききつけてきたことでした。エルドラという、一年《いちねん》じゅう真夏《まなつ》の国《くに》があるらしい。しかもエルドラの女王《じょおう》は、熱《ねつ》と火《ひ》の魔法《まほう》を使《つか》えるようだ、というのです。

それをきいてエルサは、自分《じぶん》が魔法《まほう》の力《ちから》をうまくあやつれずに、アレンデールを雪《ゆき》と氷《こおり》にとじこめてしまったときのことを思《おも》い出《だ》します。ひょっとするとエルドラの女王《じょおう》も、自分《じぶん》の力《ちから》をあやつる方法《ほうほう》を知《し》らないんじゃないかしら？　一年《いちねん》じゅう夏《なつ》がおわらないのは、そのせいかもしれない……。エルサは、エルドラの女王《じょおう》に力《ちから》をかそうと、アナとオラフ、クリストフ、そしてスヴェンとともに旅立《たびだ》ちます。さあ、エルサたちは、真夏《まなつ》の国《くに》エルドラで、どんな人《ひと》たちと出会《であ》い、どんなぼうけんをするのでしょうか。

今回《こんかい》も、おなじみの仲間《なかま》たちが、かつやくします。雪《ゆき》だるまのオラフは、いつにもまして明《あか》るく、のんきで、どれだけたいへんな目《め》にあっても、楽《たの》しそうにわらっていますし、クリストフは、やっぱりやさしくてたよりがいがあります。

そうかと思《おも》えば、いつも元気《げんき》なアナがめずらしくちょっぴり弱音《よわね》をはいたりして、おっ、と思《おも》わせてくれるのもシリーズものの楽《たの》しみのひとつ。エルサも、一巻《かん》では持《も》っていなかったスヴェンのニンジンをこんどはちゃんとかばんに入《い》れているし、はじめての土地《とち》でもアナまかせにしないで、自分《じぶん》から人《ひと》とかかわりあっています。女王《じょおう》になってもちゃんと成長《せいちょう》しているところが、エルサのえらいところです。

一巻《かん》からこの物語《ものがたり》を書《か》いている作者《さくしゃ》のエリカ・デイビッドさんのことも少《すこ》しご紹《しょう》介《かい》しておきましょう。デイビッドさんは、アメリカ、ニュージャージー州《しゅう》のプリンストン大学《だいがく》を卒業《そつぎょう》したあと、ニューヨークにあるセント・ジョセフ大学《だいがく》で創作《そうさく》を学《まな》びました。むかしから魔法《まほう》や、空想《くうそう》、それからひんやり冷《つめ》たいものがだいすきだったこともあり、子《こ》ども向《む》けケーブルテレビ局《きょく》のニコロデオン、コミックス出版社《しゅっぱんしゃ》のマーベル、それからアイスクリーム屋《や》さんなどで仕事《しごと》をしてきたそうです。

デイビッドさんは、これまでに子《こ》ども向《む》けの本《ほん》を四十冊《さつ》以上《いじょう》書《か》いています。この「アナと雪《ゆき》の女王《じょおう》」のシリーズには、ほかに、よい女王《じょおう》になろうとエルサががんばる第《だい》一巻《かん》『愛《あい》されるエルサ女王《じょおう》』と、トロールの魔法《まほう》で消《け》されたアナの記憶《きおく》をとりもどそうと、姉妹《しまい》が協力《きょうりょく》する第《だい》二巻《かん》『失《うしな》われたアナの記憶《きおく》』もありますので、まだお読《よ》みになっていない方《かた》は、ぜひ手《て》にとってみてくださいね。

角川つばさ文庫

ないとうふみこ／訳

東京都府中市出身。翻訳家。手がけた作品に、「アナと雪の女王」シリーズ、『新訳　若草物語』、『新訳　思い出のマーニー』（以上、角川つばさ文庫）、『オズのオズマ姫』ほか「オズの魔法使い」シリーズ（復刊ドットコム）、『きみに出会うとき』（東京創元社）、『マリゴールドの願いごと』（小峰書店）などがある。

角川《かどかわ》つばさ文庫《ぶんこ》　Cあ2-3

アナと雪《ゆき》の女王《じょおう》

エルサと夏《なつ》の魔法《まほう》

文《ぶん》　エリカ・デイビッド

訳《やく》　ないとうふみこ

2015年8月15日　初版発行

発行者　郡司 聡
発　行　株式会社KADOKAWA
〒102-8177　東京都千代田区富士見 2-13-3
03-3238-8521（カスタマーサポート）
http://www.kadokawa.co.jp/
印　刷　暁印刷
製　本　BBC
装　丁　ムシカゴグラフィクス

Printed in Japan
ISBN978-4-04-631492-5　C8297　N.D.C.933　156p　18cm

落丁・乱丁本は、送料小社負担にて、お取り替えいたします。KADOKAWA読者係までご連絡ください。
（古書店で購入したものについては、お取り替えできません）
電話　049-259-1100（9：00～17：00／土日、祝日、年末年始を除く）
〒354-0041　埼玉県入間郡三芳町藤久保550-1

読者のみなさまからのお便りをお待ちしています。下のあて先まで送ってね。
いただいたお便りは、編集部から著者へおわたしいたします。

〒102-8078　東京都千代田区富士見 1-8-19　角川つばさ文庫編集部

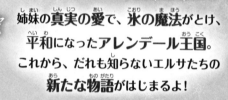

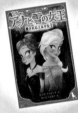

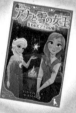

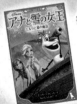

©Disney
2人の姉妹には、
まだひみつがあった!?
映画のあとの
おはなしが
ついに明かされる!!
第4巻は
2015年12月
発売予定!

角川つばさ文庫発刊のことば

角川グループでは『セーラー服と機関銃』(81)、『時をかける少女』(83・06)、『ぼくらの七日間戦争』(88)、『リング』(98)、『ブレイブ・ストーリー』(06)、『バッテリー』(07)、『DIVE!!』(08)など、角川文庫と映像とのメディアミックスによって、「読書の楽しみ」を提供してきました。

角川文庫創刊60周年を期に、十代の読書体験を調べてみたところ、角川グループの発行するさまざまなジャンルの文庫が、小・中学校でたくさん読まれていることを知りました。

そこで、文庫を読む前のさらに若いみなさんに、スポーツやマンガやゲームと同じように「本を読むこと」を体験してもらいたいと「角川つばさ文庫」をつくりました。

読書は自転車と同じように、最初は少しの練習が必要です。しかし、読んでいく楽しさを知れば、どんな遠くの世界にも自分の速度で出かけることができます。それは、想像力という「つばさ」を手に入れたことにほかなりません。

「角川つばさ文庫」では、読者のみなさんといっしょに成長していける、新しい物語、新しいノンフィクション、角川グループのベストセラー、ライトノベル、ファンタジー、クラシックスなど、はば広いジャンルの物語に出会える「場」を、みなさんとつくっていきたいと考えています。

読んだ人の数だけ生まれる豊かな物語の世界。そこで体験する喜びや悲しみ、くやしさや恐ろしさは、本の世界の出来事ではありますが、みなさんの心を確実にゆさぶり、やがて知となり実となる「種」を残してくれるでしょう。

かつての角川文庫の読者がそうであったように、「角川つばさ文庫」の読者のみなさんが、その「種」から「21世紀のエンタテインメント」をつくっていってくれたなら、こんなにうれしいことはありません。

物語の世界を自分の「つばさ」で自由自在に飛び、自分で未来をきりひらいていってください。

ひらけば、どこへでも。——角川つばさ文庫の願いです。

角川つばさ文庫編集部